一笑

古龍自署

國際學術研討會

古龍武俠小說 領先時代半世紀

【記者賴素鈴／報導】江湖代有才人出，這廂古龍凋零二十載，那廂今朝懸賞百萬獎新秀，浪淘不盡，唯有武俠熱愛，不隨時間變易，在學術研討會上更見分明。以「一代鬼才：古龍與武俠小說」爲主題，淡江大學第九屆文學與美學國際學術研討會昨起在國家圖書館，展開爲期兩天的議程，紀念武俠小說家古龍逝世二十周年，新生代學者與古龍故舊齊聚一堂，以文論劍話武俠。

日前與淡大中文系教授林保淳共同發表《台灣武俠小說發展史》，武俠小說評論家葉洪生昨天在專題演講中，直批胡適1959年底發表「武俠小說下流論」是「胡說」，學界泰斗的不當發言以及隨即展開的「暴雨專案」，反而促成1960年起台灣武俠新秀的繁興，「武俠小說迷人的地方，恰恰在門道之上。」，葉洪生認定，武俠小說審美四原則在文筆、意構、雜學、原創性，他強調：「武俠小說，是一種『上流美』。」

集多年心血完成《台灣武俠小說發展史》，葉洪生認爲他已爲從十歲起迷上武俠小說的半世紀畫上完美句點，並且宣布他「以後決心退出武俠論壇，封劍退隱江湖」。

雖然葉洪生回顧武俠小說名家此起彼落，套太史公名言「固一世之雄也，而今安在哉？」，認爲這是值得深思的嚴肅課題，昨天意外現身研討會而備受矚目的溫世禮，則爲了紀念同是武俠迷的哥哥溫世仁，推出第一屆「溫世仁武俠小說百萬大賞」，即日起至今年10月3日截止收件，經兩階段評選後於明年12月7日公布首獎得主，預料將會是一場武林新秀的龍虎爭霸戰。

看明日誰領風騷？風雲時代出版社發行人陳曉林眼中的古龍，其實領先他的時代半世紀，以致如今雖然古龍逝世20年，陳曉林認爲大家對古龍的了解仍然有限，預言未來世代更能和古龍的後設風格共鳴。

昨天這場研討會，也凸顯武俠小說作爲一項文學研究門類，仍有待開發學習空間。多位與會者都指出，武俠小說的發表、出版方式和管道具考證難度，學術理論與論文格式的建立待加強。而武俠名家的版權之爭、市場競爭力，也增加出版推廣困難，古龍武俠小說的版權糾紛、司馬翎作品的版權官司也成爲研討會的場外話題。

與

武俠小說

第九屆文學與美
一代鬼
古

古龍兄為人慷慨豪邁、跌蕩自如，變化多端，文如其人，且復多奇氣。惜英年早逝，余與古兄當年交好，且喜讀其書，今既不見其人，又無新作可讀，深自嘆惜。

金庸

一九九六．十．十一 香港

楚留香新傳

(四)

桃花傳奇

【導讀推薦】

浪漫傳奇的示範之作

——《楚留香新傳》導讀

著名文化評論家、《新新聞》總主筆 南方朔

不同的時代，會有不同的心理集體渴求。

於是，每個時代遂有了大家共認的通俗英雄。這種情況在武俠小說裡亦不例外。

因此，通俗英雄反映著時代。《魯賓遜飄流記》是那個「經濟人」概念加上重商擴張主義時代的產物。《福爾摩斯探案》則代表了科學理性主義的高峰。而《○○七系列》則是冷戰加上繁榮這兩重因素的結合體。有關冷戰部分姑不討論，但○○七故事真正能夠獲得讀者大眾喜愛的原因，乃是它為當時以迄現在的人提供了新的閱讀娛樂。有很多位評論家講到了要點：

例如，蓋斯吉爾（Hugh Gajtskell）說：「它將性、暴力、飲酒混合到了一起，而在間隔裡，則又都是名牌衣物和各種美良，這使得我們這種生活受限的凡夫俗子很難抗拒。」

例如，評論家貝爾（A.Bear）指出，○○七以一種「情色娛樂的技巧」寫作，它將「每一種感官的娛樂放進了故事的脈絡中」。

例如，英國著名作家艾密斯（Kinsley Amis）說道：「我們不想和○○七共進晚餐，也不想

和他打高爾夫，或與他談話。我們每個人都想變成〇〇七！」

因此，〇〇七的成功，乃因他是一種風格型的人物，除了工作外，總是能夠享有繁榮時代一切的好處。有漂亮女人陪伴，有美食，好運動，他連喝酒都很寫意，譬如他喝伏特加與馬丁尼雞尾酒，就不用攪拌，而是搖晃式的調酒。繁榮時代一切風格式的生活好處都被他享受光了。

於是，〇〇七之所以成爲通俗英雄，一點也不讓人驚訝。從〇〇七出版到一九七七年，單單英國，普及版的小說即印了兩千七百八十萬冊；〇〇七電影到一九七五年，觀眾已超過十億人次。到了今天，新版的〇〇七電影又告復活，每一部依然在全球大爆賣。

談楚留香而扯到〇〇七，看起來離題，事實卻密切相關。當年〇〇七出現時，受到最大刺激的乃是古龍，人家間諜小說可以寫成那樣，爲什麼我們的武俠小說不可以變個花樣？正因有了〇〇七，於是遂有了古龍與眾不同的武俠小說，當然也就有了那個風靡所有華人社會的楚留香。

楚留香吸引著男讀者，如同西方男子迷戀著〇〇七。楚留香有本領，有女人緣，風流而不下流；同時，他又講義氣，還聰明絕頂。這樣的角色最能產生移情式的認同，每個男人都想變成楚留香。這「留香」兩字，不知勾起多少男人的嚮往。它分明有東方式的欲望想像。

楚留香也同樣吸引著女讀者和女觀眾。女人一生，所癡心妄想的，不就是能夠有個像楚留香這樣的情人嗎？他體貼，有趣，又讓人有安全感，當年鄭少秋以楚留香一劇而走紅，傾倒了多少女性觀眾！

楚留香，處處留香處處香。這一次，古龍卻讓他談了一次真正的大戀愛，不但戀愛，甚至還結了婚，可能還有了後代。這真是非常的武俠而兼言情，古龍寫來，不僅傳神，而且纏綿，足見他的才華之多面。

這部小說即是《桃花傳奇》。桃花是愛情的寓意，楚留香這次經歷了一次愛情的「地震」。他和張潔潔的這場戀愛，很有迴腸蕩氣的況味，縱使一般愛情小說作者，大概也到不了古龍這樣的水平。

《桃花傳奇》是精彩的武俠愛情小說，它之所以精彩，最重要的，仍在於它的語言。

研究近代大眾文化的學者早已發現到，近代的日常語言，早已隨著戰後大眾文化的形成而起了革命性的改變。以往，由於成人占據了較重要的地位，因而日常語言變化的主要發動者多半是成人，成人的市語和行話、隱語等影響著一般大眾，士人夫階級則以他們的語言教育著子女。但到了近代，語言變化的發動者已開始轉向爲青少年。他們使用著他們自己的新口語，這種青少年語言經常反過來影響一般成人大眾。它具有滑溜、靈活、逗趣等特性，寫作者若能將這種新口語的內在精神反映在作品中，他的作品就能掌握住上述特性，不僅可看性更高，而且也更爲生動流暢。

而古龍的小說，即是這種新口語的產物。他脫離了以往那種武俠式半文半白的表達方式，使用新的口語來寫作，在對白部份尤其如此。這遂使得他的作品裡充滿了那種青少年的機智與靈活。

《桃花傳奇》裡，楚留香和張潔潔的戀愛場景非常的青少年化。他們喜歡打情罵俏，喜歡做小兒女態，甚爲皺鼻子、咬耳朵之類的愛昵動作也不時出現。所有的這些語言及動作，將他們的愛情故事鋪陳得非常具體而生動，甚至還相當的溫馨可愛。讀者如果細心體會故事裡的對白，甚至還會發現，儘管該書寫作於一九七二年，但事隔卅多年，那種語言縱使到了今天，還依然很流行。

細心敍述的愛情故事，兩個藉著語言互激而相知相戀的情人，這次楚留香已真的戀愛而不再能只是留香而已了。於是，遂有了他在愛情驚變後的萬里情牽，尋找張潔潔的後話。

原來，張潔潔竟然是某個神秘宗教團體的聖女，她不忍羈絆楚留香，而楚留香卻也不能沒有張潔潔，這場愛情驚變在楚留香真心追尋後終於解決。問題是，他們怎麼可能在洞窟裡終其一生？於是，張潔潔遂鼓勵楚留香離去。整個愛情故事也因此以懸疑結尾。他們愛過，而且彼此擁有，縱使離去，仍彼此留存在對方心中，而楚留香的故事也可以繼續下去。

這是不怎麼悲劇的悲劇，張潔潔這個角色在小說裡搶足了楚留香的戲。任何一個人看了這本小說，都不可能不對張潔潔這個角色鮮活的「女英雄」留下最佳印象。一個不凡的愛情故事，最後變成了一則愛情傳奇。能剛能柔，既有丈夫氣，又是小女子的張潔潔，成了傳奇的核心。

《桃花傳奇》的桃花，指的是笑容燦爛如桃花的張潔潔，同時又隱喻著楚留香的桃花運，以及他們的戀愛故事這場桃花劫。三個層次的桃花意象在小說裡依序展開，寫到楚留香爲情憔悴，以及兩人最後生離死別時分別達到兩個高潮，古龍如果改行寫愛情小說，大概也會很有成就。可惜的是，他的武俠愛情就此一部，否則就可以在武俠這個類型裡另立一個武俠愛情的次類了。

由《〇〇七系列》，講到古龍，以及古龍的武俠愛情小說，就必須一提古龍對武俠小說的基本見解。古龍乃是〇〇七電影及小說所影響的第一代，在西方，間諜偵探小說寫得好像案例解析的那種類型已走到下坡。戰前派的中產階級讀者，以前將很有推理性的小說當成頭腦體操，用以訓練自己的科學推理性。這些讀者在戰後的繁榮中漸漸消失，而新一代的讀者則有新的需求。《〇〇七系列》的出現，由於它的時代性，因而滿足了讀者的需要而爆紅，顯示大眾小說已必須更有故事性。除此以外，日本的戰後大眾小說也告改變，許多日本武俠小說也很有愛情小說的痕跡，所有的這些外在因素，遂使得古龍的武俠小說開始另闢蹊徑。

他的楚留香故事系列，名為武俠，其實已多有混合，《桃花傳奇》名為武俠，但愛情的成份更多；《借屍還魂》名為武俠，其實則是偵探推理的成份更大。武俠不必拘泥在那種門派爭霸，國仇家恨，鋤強濟弱，江湖恩怨等窠臼；武俠這個類型，其實是很可以自由自在與別的小說類型婚配的，而古龍藉著這種婚配，的確生下了好多不同類型的武俠小說。當我們想到這裡時，的確不得不對他有所推崇。大匠運斧，根據木石自然肌理而走，自然變化多端，如果一切都有窠臼，故事有習慣性，莫非等於任何木石都雕成一樣的東西，那還有什麼看頭？

《桃花傳奇》是個動人的武俠愛情故事，但願喜歡讀愛情小說的人，也來品嘗這本小說裡愛情的喜悅與悲愁！

古龍精品集 34

楚留香新傳（四）

桃花傳奇

目・錄

楔子

「江山代有才人出，一代新人換舊人。」

這是句俊話，也是句老話，但又俗又老的話，通常都是很有道理的話。否則這些話也就不會留傳得這麼老，這麼俊了。

尤其是在幾乎從未有過一日平靜的江湖中，更是英雄輩出。動盪的時勢最容易造就英雄，各式各樣的英雄，有好的英雄有惡的英雄，有成名的英雄也有無名的英雄，有成功的英雄，也有失敗的英雄。

在這許許多多，形形色色的英雄中，引起爭議最多，被人談論得最多的，恐怕是楚留香了。

他活著的時候，就已成為一個充滿傳奇性的人物。

江湖中人人都知道有楚留香這麼樣一個人，但卻沒有人知道他在哪裡？多大年紀？甚至沒有人知道他長得什麼樣子？

大家只知道一件事，而且相信。

「楚留香若要在今天晚上偷光你的褲子，你明天早上就只有裹著棉被出去買褲子。」

有很多人甚至相信，他能在你不知不覺中偷掉你的腦袋。

楚留香的確偷，但卻絕沒人說他是小偷。

有人罵他是流氓，有人罵他是強盜，但卻從來沒有人罵過他是小偷。

因爲他就算是偷，也偷得漂漂亮亮，偷得光明磊落。

尊敬他的人都稱他爲「楚香帥」，不尊敬他的人，當著他的面，也不能不稱一聲「楚香帥」。

就連那些罵他的人，也不能不承認，他縱然是流氓中的君子，縱然是強盜，也是強盜中的大元帥。

無論他是什麼，他都是獨一無二，甚至可以說是空前絕後的。

他究竟是什麼呢？

他當然是個人，有人性中善的一面，也有惡的一面，只不過他總能將惡的那面控制得很好，有時他也會做出很傻的事，傻得連自己都莫名其妙，但大多數時候他都很冷靜。

冷靜並不是冷酷，他的心腸並不硬，所以他偶爾也會上一兩次當，只不過他總能很快發覺，且就算上了當，也能一笑置之。

因爲他看得很開。

在他心裡，世上好像並沒有什麼真正不能解決的困難。所以沒有什麼真正能令他苦惱的事。

他的鼻子從小就有毛病，所以時常都忍不住要摸摸鼻子。

但這毛病也從來沒有讓他苦惱過，這條路不通，他就換一條路走，鼻子不通，他就訓練自己用別的方法呼吸。這法子有一次居然還救了他的命。

人生中往往有很多奇妙有趣的巧合，凡是偉大的畫家眼睛往往不太好，偉大的樂師耳朵往往不太靈。

楚留香的鼻子不好，卻最喜歡香氣。

他每做了一件很得意的事後，就會留下一陣淡淡地，帶著鬱金香芬芳的香氣。

這也許就是楚留香這名字的由來。

其實世上根本沒有人知道他這名字的由來。假如還有一個人知道，那人就是胡鐵花。

胡鐵花是他最老的朋友。

胡鐵花也是個妙人，他喜歡找楚留香拚酒，喜歡學楚留香摸鼻子，有時還喜歡臭楚留香幾句，找找楚留香的麻煩。

但楚留香真的有麻煩，他立刻就會去拚命。

他當然也和楚留香一樣，喜歡酒，喜歡女人，喜歡管閒事，拖不下。

只不過他卻有件楚留香所沒有的煩惱。

喜歡他的女人，他都不喜歡，他喜歡的女人，都不喜歡他。

楚留香的確喜歡女人。

他常常說：「無論哪種女人，都一定有她可愛的地方，你只要耐心去找，一定可以找得到。」

所以幾乎每種女人都喜歡，只不過喜歡的方式不同。

在淑女面前他是君子，在蕩婦面前，他就是流氓。

有的女人只要一被他看見，就休想逃得了，但也有些女人跟他一起生活了十幾年，幾乎日日夜夜都和他廝守在一起，他對她們卻始終都是規規矩矩的，拿她們當自己的妹妹、當自己的朋友。

有人說：「男女間沒有友情。」世上也許沒有幾個男人能真正將女人看成朋友的，楚留香卻無疑是其中之一。楚留香更喜歡朋友。

他的朋友中有少林寺方丈大師，也有滿街去化緣的窮和尚；有冷酷無情的刺客，也有瞪眼便殺人的莽漢；有才高八斗的才子，也有一字不識的村夫；有家財萬貫的大富豪，也有滿頭癩痢的小乞丐……

這些人多多少少都受過他一點恩惠，得過他一點好處。

他做過的好事不少，傻事也不少。他幾乎什麼事都做，只除了一件事。

他從不做自己不願意的事，這世上絕沒有任何人能勉強他！

以前沒有，以後也不會有。

這就是楚留香！獨一無二的楚留香。

一 萬福萬壽園

楚留香喜歡女人。

女人都喜歡楚留香。

所以有楚留香的地方，就不會沒有女人。

別人問他，對女人究竟有什麼秘訣，他總是笑笑。——他只能笑笑，因爲，他自己也實在有點莫名其妙。他常在些莫名其妙的情況下，認得一些很妙的女人。

他認得沈珊姑時，沈珊姑剛從房上跳下來，手裡拿著一把快刀，要殺他。認得秋靈素時，秋靈素正準備自殺。

他在沒有水的沙漠認得石觀音，卻是在水底下認得陰姬的。

他認得宮南燕時，宮南燕正坐在他的椅子上，喝他的酒，認得石繡雲時，石繡雲卻正躺在別人的懷抱裡。

他在伸手不見五指的地方認得東三娘，在死屍旁認得華真真。

他認得琵琶公主時正在洗澡，認得金靈芝時，正在洗澡的卻是他自己。

有時他自己想想這些事，自己都覺得好笑。

但無論怎樣說，最可笑，最莫名其妙的，還要算是認得艾青那一次。

他能夠認得艾青，只因爲艾青放了個屁。

有很多人認爲只有男人才放屁，這也許因爲他們沒有見過女人放屁。

其實女人當然也放屁的。

女人的生理構造和男人並沒有什麼兩樣，有屁要放時，並不一定能忍住，因爲有些屁來時就像血衣人的快劍，來時無影無蹤，令人防不勝防。

但世上有很多事都不公平，男人隨便在什麼地方，隨便放多少屁，都沒有什麼太大的關係。

女人若在大庭廣眾間放了個屁，那就是不得了的大事了。據說以前曾經有個女人，只因爲在大庭廣眾間放了個屁，回去就自己找根繩子上吊了。

這種事雖不常有，但你卻不能不信。

春天。

萬福萬壽園。

萬福萬壽園裡的春天也許比世上其他任何地方的春天都美得多，因爲別的地方就算也有如此廣大的庭園，也沒有這麼多五彩繽紛的花，就算有這麼多花，也沒有這麼多人，就算有這麼多人，也絕沒有如此多彩多姿。

尤其是在三月初七這一天。

這天是金太夫人的八旬大壽。

金太夫人也許可以說是世上最有福氣的一位老太太了。

別人就算能活到她這樣的年紀，也沒有她這樣的榮華富貴，就算有這樣的榮華富貴，也沒有她這樣多子多孫，就算有這麼多子孫，也不會像她這樣，所有的子孫都能出人頭地。

最重要的是，金太夫人不但有福氣，而且還懂得怎麼樣去享福。

金太夫人一共有十個兒子，九個女兒，八個女婿，三十九個孫兒孫女，再加上二十八個外孫。

她的兒子和女婿有的是總鏢頭，有的是總捕頭，有的是幫主，有的是掌門人，可說沒有一個不是江湖中的頂尖高手。

其中只有一個棄武修文，已是金馬玉堂，位居極品。還有一個出身軍伍，正是當朝軍功最盛的威武將軍。

她有九個女兒，卻只有八個女婿，只因其中有一個女兒已削髮爲尼，投入了峨嵋門下，承繼了峨嵋「苦恩大師」的衣鉢。

她的孫女和外孫也大都已成名立萬。

她最小一個孫女兒，就是金靈芝。

金靈芝是同時認得楚留香和胡鐵花的——他們正在澡堂裡洗澡，她突然闖了進去。

無論誰都不能不承認這是個很奇特，很刺激的開始，但他們認得後共同經歷的事，卻更奇突刺激。

他們曾經躺在棺材裡在大海上漂流，也曾在暗無天日的地獄中等死，他們遇到過用漁網從大海中撈起的美人魚，也遇到過終生不見光明的蝙蝠人。

總之他們是同生死，共患難的夥計，所以他們成了好朋友。

胡鐵花和金靈芝的交情更特別不同。

金老夫人的八旬大壽，他們當然不能不來，何況胡鐵花的鼻子，早已嗅到萬福萬壽園窖藏了二十年的好酒了。

金靈芝堅決不要他們送禮，只要他們答應一件事：「不喝醉不准走。」

楚留香也要她答應一件事：「不能在別人面前說出他們的名字。」

胡鐵花很守信。

他已醉過三次，還沒有走。

他們初三就來了，現在是初七，來的客人更多，認得楚留香真面目的人卻幾乎連一個也沒有。

金靈芝也很守信。

她並沒有在任何人面前洩露楚留香的身份。

所以楚留香還可以舒舒服服的到處逛逛，他簡直已逛得有點頭暈，這地方實在太大，人實在太多。

初七這天正午，所有的人都要到大廳去向金太夫人拜壽，然後吃壽麵。

萬福萬壽園廳再大，也容納不了這麼多人，所以客人只好分成三批，每一批都還是有很多人。

楚留香是第三批。

他本來是跟胡鐵花一起從後園走出來的，走到一半，胡鐵花忽然不見了。人這麼多，要找也沒法子找。

楚留香只有一個人去，他走進大廳時，人彷彿已少了一些，有的人已開始在吃壽麵，有些女孩子從兩根筷子間偷偷的瞟他。

楚留香就算不是楚留香本人，也是個很有吸引力的男人。

他只有低下頭，眼觀鼻，鼻觀心，規規矩矩的走到前面去拜壽。

他並不是這麼規矩的人，但金太夫人正在笑瞇瞇的看著他——金靈芝在祖母面前是從來不敢說謊的。

金太夫人既然知道他是誰，在這麼樣一位老太太面前，楚留香也只有盡力，作出規規矩矩的樣子來。

他實在被這位老太太看得有點頭皮發炸。金太夫人在看著他的時候，就像在看著未來的孫女婿似的。

楚留香只希望她別要弄錯了人。他硬著頭皮走過去，彷彿覺得有個人走在他旁邊，而且是個女人，一陣陣香氣，直往他鼻子鑽。

他真想回頭看看。就在這時，他忽然聽到「噗——」的一聲。

除了楚留香外，至少還有七八十個人也聽到了這「噗」的一聲。

第一、因爲在金太夫人面前，大家都不敢放肆，所以壽堂裡人雖多，卻並不太吵。

小橋在荷塘上，荷塘旁有座假山。

他走到假山後，假山後總算沒有人了，但這人居然還敢跟過來。

腳步很輕，不懂得輕功的人，腳步聲總不會這麼輕。

楚留香忽然回過頭，就看到了她。

她穿著件淡青色的春衫，袖子窄窄的，式樣時新，上面都繡著寶藍色的花，配著條長可及地的寶藍色百摺裙。

楚留香對她第一眼印象是：「這女孩子很懂得穿衣服，很懂得配顏色。」

她嬝嬝婷婷的站在假山旁，低著頭，咬著嘴唇，一雙纖纖玉手，正在輕輕攏著鬢邊被春風吹亂了的頭髮。

楚留香對她第二個印象是：「這女孩子的牙齒和手都很好看。」

她臉上帶著紅暈，艷如朝霞，一雙黑白分明的翦水雙瞳，正在偷偷的瞟著楚留香。

楚留香對她第三個印象是：「這女孩子全身上下都好看。」

其實他並不是第一次看到她。

她就是剛才在壽堂裡站在他旁邊的那女孩子。只不過楚留香剛才並沒有看清楚她。

在那麼多人面前，他實在不好意思看。

現在他可以看了。

能仔細欣賞一個如此美麗的女孩子，實在是種很大的享受。

那女孩子的臉更紅了，突然一笑，嫣然道：「我叫艾青。」

她第一句話就說出了自己的名字。

楚留香倒也沒有想到，但他卻懂得，女孩子肯在一個陌生的男人面前說出自己的名字，至少就表示她對這男人並不討厭。

艾青低著頭，道：「剛才若不是你，我……我簡直非死不可。」

楚留香笑笑。

只不過為了個屁，就要去死，這種事實在不能了解。

他只能笑笑。

艾青又道：「救命之恩，我雖不敢言謝，但卻不知該怎麼樣報答你才好。」她愈說愈嚴重了。

楚留香只有笑道：「那只不過是件小事，怎麼能談上救命之恩！」

艾青道：「在你說來雖是小事，在我說來卻是天大的事，你若不讓我報答你，我……我……」

她忽然抬起頭，臉上露出很堅決的表情，道：「我就只好死在你面前。」

楚留香怔住了。他做夢也想不到她會將這種事看得如此嚴重。

艾青好像還怕他不相信，又補充著道：「我雖然是個女人，但也知道一個人若想在江湖中站住腳，做事就得要恩怨分明，我不喜歡人家欠我的情，也從不欠人家的。你若不讓我報答你，就是看不起我，一個人若被人家看不起，活著還有什麼意思？」她本來好像很不會說話，很溫柔，很害羞，但這番話卻說得又響又脆，幾乎有點像光棍的口氣了。

楚留香苦笑道：「你想怎麼報答我呢？」

艾青鄭重道：「隨便你要我怎麼樣報答你，我都答應。」

她臉上又起了陣紅暈，但眼睛卻直視著楚留香，說話的聲音中更帶著種說不出的誘惑。

大多數男人聽了這種話，看到這種表情，都一定會認爲這女孩子在勾引他，因爲男人多多少少都免不了有點自作多情。

不明白她這意思的男人，若不是聰明得可怕，就是笨得要命。

楚留香也不知是真的不懂，還是假的不懂，手摸著鼻子，忽然道：「你若一定要報答我，就給我五百兩銀子吧。」

艾青好像嚇了一跳，道：「你要什麼？」

楚留香道：「五百兩銀子，沒有五百兩，減爲一半也好。」

艾青瞪大了眼睛，道：「你不要別的？」

楚留香嘆道：「我是個窮人，什麼都不缺，就只缺點銀子，何況，一個人若想報答別人，除了給他銀子外，還有什麼其他更好的法子呢！」

艾青瞪著他，本來顯得很驚訝，漸漸又變得很失望，嫣紅的面頰也漸漸變得有點發青，忽然長長嘆息了一聲，道：「想不到你這人竟是個呆子？」

楚留香眨眨眼，道：「我是不是要得太少了？是不是還可以多要些？」

艾青咬著嘴唇，道：「一個女人若想報答男人，其實還有種更好的法子，你難道不懂？」

楚留香搖頭，道：「我不懂。」

艾青跺了跺腳，道：「好，我就給你五百兩。」

楚留香展顏笑道：「多謝多謝。」

艾青道：「我現在沒有帶在身上，今天晚上三更，我送到這裡來給你。」

說完了這句話，她扭頭就走，走了幾步，又回頭瞪了楚留香一眼，恨恨道：「真是個呆子。」

楚留香望著她轉過假山，終於忍不住笑了，而且彷彿愈想愈好笑。

除了他之外，居然還有別人在笑。笑聲如銀鈴，好像是從假山裡面傳出來的。

楚留香倒真吃了一驚，他真沒有想到這假山是空的，而且裡面還躲著人。

一個人已從假山裡探出頭，還在笑個不停。

楚留香也跟別的男人一樣，喜歡將女人分門別類，只不過他分類的方法跟別人多少有些不同。

他將女人分成兩種。一種愛哭，一種愛笑。

愛笑的女人通常都會很美，笑得很好看，否則她也許就要選擇哭了。

楚留香看過許多很會笑的女人，但他卻不能不承認，現在從假山裡探出頭來的這女人，比大多數女人笑得好看得多。不但好看，而且好聽。她的眼睛不大，笑的時候瞇了起來，就好像一雙彎彎的新月。楚留香本來喜歡眼睛大的女孩子，但現在卻又不得不承認眼睛小的女孩子也有迷人之處。

事實上，他簡直從未看過這麼迷人的眼睛。他簡直看得有點癡了。

這女孩子吃吃笑道：「看來她說得一點也不錯，原來你真是個呆子。」

楚留香眨眨眼，道：「呆子也沒什麼不好，呆子至少不會偷聽別人說話。」

這女孩子瞪眼道：「誰偷聽你們說話，我早就在這裡了，誰叫你們要到這裡的。」

楚留香道：「你好好的躲在假山洞裡幹什麼？」

這女孩子道：「我高興。」

天大的道理也抵不上「高興」兩個字。楚留香知道自己又遇上個不講理的女孩子了。

他常常提醒自己，絕不要去惹任何一個女人，更不要跟女人爭辯。

你甚至可以打她，但絕不要跟她爭辯。

楚留香摸摸鼻子，笑笑，準備開步走──我惹不起你，總躲得起你吧。

誰知這女孩子卻忽然跳了出來，道：「喂，剛才那小姑娘好像是在勾引你，你知不知道？」

楚留香道：「不知道。」

這女孩子道：「她說的那些話，你難道真的一點也聽不懂？」

楚留香道：「假的。」

這女孩子又笑了，道：「原來你並不是呆子。」

楚留香道：「我只不過不喜歡女人勾引我──我喜歡勾引女人。」

這女孩子瞟了他一眼，道：「那麼，你爲什麼不勾引我？」

楚留香終於也忍不住笑了，道：「你怎麼知道我不想勾引你？」

這女孩子又道：「那麼，你至少應該先問問我的芳名。」
楚留香道：「請問芳名？」
這女孩子笑了笑道：「我叫張潔潔，弓長張，清潔的潔。」
楚留香道：「張潔潔……」
張潔潔道：「噯，不敢當，怎麼一見面就叫我張姐姐呢！真是乖孩子。」
她話未說完，已笑得彎下了腰。
楚留香簡直有點要笑不出來了。
他雖然並不時常吃人的豆腐，但被女人吃豆腐，倒還真是生平第一次。
張潔潔不待楚留香回話，笑著又道：「小弟弟，你叫姐姐幹什麼呀？」
楚留香嘆了口氣，道：「原來你還是個小孩子，只有小孩子才喜歡占人便宜。」
張潔潔眼波流動，道：「你看我像小孩子？」
她不像。她身上最迷人的地方並不是眼睛。
楚留香乾咳了兩聲，費了很大的力氣，才將目光從她身上最迷人的地方移開。
張潔潔吃吃笑道：「你爲什麼不說話了呀？」
楚留香道：「我不說話的時候，你最好小心些。」
張潔潔道：「爲什麼？」
楚留香道：「因爲我不動口的時候，就表示要動手了。」
他眼睛又在瞪著她身上最迷人的地方，好像真有點像要動手的樣子。

張潔潔不由自主伸手擋住，道：「你敢！」

楚留香齜牙咧嘴，道：「我不敢？」他的手已開始動。

張潔潔嬌呼了一聲，掉頭就跑，大叫道：「原來你不是呆子，是色狼。」

楚留香看著她轉過假山，剛鬆了口氣，誰知她突又衝了過來，瞪眼道：「小色狼，你聽著，你既已勾引了我，若還敢跟那姓艾的小姑娘勾三搭四，小心我打破醋罈子。」

真動手的不是楚留香，而是她。她忽然抬起手，在楚留香頭上重重的敲一下，又一溜煙走了。

楚留香一隻手摸著頭，一隻手摸著鼻子，又好氣，又好笑。但也不知爲了什麼，心裡倒真有點甜絲絲的。他並不是鄉巴佬，但這樣的女孩子，倒真還沒有見過。

見過這種女孩子的人，只怕還沒有幾個。

突聽有人笑道：「我聽見有人在罵色狼，就知道是你，你果然在這裡。」

楚留香用不著看就知道是胡鐵花來了，所以他根本沒有看，卻嘆了口氣，喃喃道：「可惜，可惜啊！我真替你可惜。」

胡鐵花怔了怔，道：「可惜什麼？」

楚留香道：「可惜你痛失良機！」

胡鐵花道：「痛失良機？」

楚留香道：「剛才這裡姐姐妹妹一大堆，誰叫你溜走了的。」

胡鐵花道：「這麼樣說來，好像我一走，你就交了桃花運。」

楚留香道：「好像是的。」

胡鐵花忽又嘆了口氣，道：「我別的不佩服你，只佩服你吹牛的本事……當然，你還有……放屁的本事。」他大笑，接著道：「聽說你剛才放了個全世界最響的屁。」

楚留香悠然道：「響屁人人會放，只不過各有巧妙不同而已。」

胡鐵花道：「什麼巧妙？」

楚留香道：「你若知道我那一屁放出了什麼來，你每天至少要放十個。」

胡鐵花道：「除了臭氣，你還能放得出什麼？」

楚留香淡淡道：「我知道你不信，但等到明天早上，你就會相信了。」

胡鐵花忽然正色道：「不能等。」

楚留香道：「爲什麼？」

胡鐵花道：「因爲我們這就要走了，而且是非走不可。」

楚留香道：「誰非走不可？」

胡鐵花道：「我們——我們的意思就是你和我。」

楚留香道：「我們爲什麼要走？」

胡鐵花道：「因爲再不走立刻就要有麻煩上身。」

楚留香道：「你是說，有人要找我們的麻煩？」

胡鐵花道：「沒有別人，只有一個人。」

楚留香道：「誰？」

胡鐵花嘆了口氣，道：「金靈芝。」

楚留香笑了，道：「她要找也是找你的麻煩，絕不會找到我頭上來。」

胡鐵花瞪眼道：「你難道不是我朋友？」

楚留香笑道：「她要找你什麼麻煩？難道是想嫁給你？」

胡鐵花立刻變得愁眉苦臉，吁了一口氣，嘆道：「一點也不錯。」

楚留香道：「那麼你豈非正好娶了她，你本來不是喜歡她的嗎？」

胡鐵花皺著眉道：「本來的確是，但現在……」

楚留香道：「現在她已喜歡你，所以你就不喜歡她了，是不是？」

胡鐵花忽然一拍巴掌，道：「我本來一直想不通爲了什麼，被你一說，倒真提醒了我。」

楚留香嘆道：「這本就是你的老毛病，你這毛病要到什麼時候才改得了？」

胡鐵花怔了半晌，苦笑道：「就算我還喜歡她，可是你想想，我怎麼受得了她那些姑姑嬸嬸，叔叔伯伯？不說別的，就說磕頭吧。」

楚留香道：「磕頭？」

胡鐵花道：「我若娶了金靈芝，豈非也變成了他們的晚輩，逢年過節，是不是要跟他們磕頭，就算每一個人只磕一個頭，我也要變成磕頭蟲了。」

他拚命搔頭，道：「別的都能做，磕頭蟲是萬萬做不得的。」

楚留香忍不住笑道：「你反正總找得出理由來爲自己解釋。」

胡鐵花又瞪起了眼睛，道：「我只問你，你是走不走？」

楚留香道：「我不走行不行？」

胡鐵花道：「不行。」

小酒舖，很小的酒舖。

楚留香既不是個很節省的人，也不欣賞這種小酒舖，他到這小酒舖來，完全是因爲胡鐵花堅持要來。胡鐵花認爲這裡比較安全，金靈芝就算要追他，要找他，也不會到這種小酒舖來，她想不到他們會在這種地方喝酒。但這種小酒舖也不是完全沒有好處，這裡至少很靜，尤其到了夜深時，非但沒有別的客人，連店夥都在打瞌睡。

楚留香不喜歡有別人在旁邊聽他們說話，更不喜歡別人看到胡鐵花的醉態。

胡鐵花現在就算還沒有喝醉，距離喝醉的時候也不太遠了。

他伏在桌上，一隻手抓著酒壺，一隻手抓著楚留香，喃喃道：「你雖然是我的朋友，但是你並不了解我，一點也不了解，我的痛苦你根本一點也不知道。」

楚留香道：「你痛苦？」

胡鐵花道：「非但痛苦，而且痛苦得要命。」

楚留香笑笑，道：「我看不出你有什麼痛苦？」

胡鐵花道：「金靈芝雖然有點任性，可是誰也不能不承認她是一個很好的女孩子，人又長得漂亮……你不承認嗎？」

楚留香道：「我承認。」

胡鐵花把酒壺重重的往桌上一摔，道：「我放著那麼好的女孩子不要，放著那麼好的酒不喝，卻要到這種鬼地方來喝這種馬尿，我不痛苦誰痛苦？」

楚留香道：「誰叫你來的？」

胡鐵花手摸著鼻子，怔了半天，喃喃道：「誰叫我來的？……好像是我自己……」

楚留香道：「你自己要找罪受，怪得了誰？可是我……」

他嘆了口氣，道：「你不知道我這麼樣一走，損失有多慘重？」

胡鐵花忽然笑了，用力拍著他的肩，笑道：「這也只能怪你自己，誰叫你交我這朋友的？」

楚留香道：「我自己。」

胡鐵花拍手笑道：「對了，這豈非也是你自己要找罪受？你能怪誰？」

楚留香也忍不住笑了，也用力拍著他的肩，笑道：「有道理，你說的為什麼總是這麼有道理的？」

他拍得更用力，胡鐵花忽然從凳子上滑了下去，坐在地上發了半天怔，喃喃道：「他媽的，這凳子怎麼只有三隻腳，難道存心想謀財害命？」

楚留香忍不住笑道：「說不定這是個黑店，而且早已看出你是個故意裝窮的大財主。」

胡鐵花想了想，點頭道：「嗯，有道理，只不過他們這次可看錯人了，我身上別的沒有，當票倒還有好幾張。」他忽然發現自己很幽默，很佩服自己，大笑了幾聲，才搖搖晃晃的站起來，眼睛發直，瞪著楚留香，皺眉道：「你怎麼變成兩個人了？」

楚留香道：「因爲我曾分身術。」

胡鐵花又想了想，搖頭道：「也許因爲你不是人，是個鬼，色鬼。」

他自己又大笑了幾聲，道：「聽說只要我一走，你就會交桃花運，是不是？」

楚留香道：「好像是的。」

胡鐵花道：「好，我給你個機會。」

他伸手又想去拍楚留香的肩，幸好楚留香這次已有防備，早就躲開了，他看著自己的手，喃喃道：「我怎麼多了隻手，難道變成三隻手了——難道我也染上了你的毛病？」

這句話實在太幽默了，他更佩服自己，想不笑都不行。

笑著笑著，喉嚨裡忽然「呃」的一聲，他皺起眉，低下頭往地上看，像是要找什麼東西，看了半天，忽然躺了下去。

楚留香這才急了，大聲道：「不行，你不能在這裡睡。」

胡鐵花格格笑道：「誰說不行，這張床雖然硬了些，但卻大得很。」

他翻了個身，溜到桌子底，打鼾的聲音立刻就從鼻子底下傳了出來。

打瞌睡的店夥卻醒了，還沒有開口，楚留香已拋了錠銀子過去，店夥看看銀子，又坐下去開始打瞌睡了。

楚留香實在懶得扛著個醉鬼在街上走，已準備在這裡耽一夜，他用不著擔心胡鐵花會傷風，胡鐵花睡在地上早就是家常便飯。

他也沒有向店夥解釋，那錠銀子已足夠將他的意思解釋得很明白，而且很有效。

遠處傳來更鼓聲。

三更。

楚留香嘆了口氣，這時候，他根本應該已面對佳人的。

他忽然看到個佳人走了進來。

門上的八塊門板已上起了七塊，任何人都該看出這地方已打烊了，本不該還有客人進來的。

就算還有半夜闖門的酒鬼，也不該是個十六七歲的小姑娘。

但現在卻偏偏有個人進來了，進來的偏偏是個小姑娘。

這酒舖雖小，卻也有七八張桌子，全是空著的，這小姑娘就算要來喝酒，也不該坐到楚留香的位子上來。

但她偏偏別的地方不坐，就要坐在楚留香對面。就好像早已跟楚留香約好了的。

她雖然也很年輕，很漂亮，但卻絕不是艾青，不是張潔潔，不是金靈芝，也絕不是楚留香所認得的任何一個女孩。

楚留香這一輩子從來沒有看到過她，現在卻不能不看她了。

她瞪著眼，臉色有點發青，好像剛跟人嘔過氣，忽然伸手提起酒壺。

酒壺當然是空的。

放在胡鐵花面前的酒壺怎麼會不空？

這小姑娘皺了皺眉，忽然大聲道：「店家，再送幾斤酒來……送十斤酒來。」

店夥早已在偷偷的看，看得眼睛發直，但手裡卻還捏著楚留香的銀子。

所以他就送了十斤酒來。

桌上有個大碗，胡鐵花喝酒總是用碗的。

這小姑娘居然也用這大碗倒了碗酒，仰起脖子，「咕嘟咕嘟」，一口將一大碗全都喝了下去。

楚留香一直在靜靜地看著，沒有開口。

他一向很沉得住氣。

但這小姑娘開始喝第二碗酒的時候，他卻不能不開口了。

對女孩子開口之前，他總是會先笑笑。

他微笑著：「這麼樣喝酒，很快就會喝醉的。」

這小姑娘瞪眼道：「喝醉就喝醉，誰沒有喝醉過？你沒有喝醉過？」

楚留香道：「你看到桌底下那個人了麼？」

小姑娘道：「我不是瞎子。」

楚留香道：「你不怕變成他這樣子，這樣子可不好看。」

小姑娘道：「我不怕，我本來就想喝醉的，愈醉愈好。」

楚留香笑道：「你不怕我欺負你？」

小姑娘道：「我本來就是要來讓你欺負的，隨便你怎麼欺負都行。」

這下子楚留香倒真怔住了，不由自主伸手摸了摸鼻子，吶吶道：「你認得我？」

小姑娘道：「不認得。」

楚留香道：「我好像也沒見過你。」

小姑娘道：「你本來就沒見過我。」

楚留香柔聲道：「那麼你好好的一個人，爲什麼要讓人欺負呢？」

小姑娘道：「因爲我不是人。」

楚留香忍不住又笑了，道：「不是人是什麼？」

小姑娘道：「我是五百兩銀子。」

楚留香到底總算明白了，長長吐出口氣，道：「是艾青叫你來的？」

小姑娘道：「她是我姐姐，我叫艾虹。」

楚留香道：「你姐姐呢？」

艾虹不說話，又喝下一大碗酒，忽然向楚留香笑了笑，道：「我長得好不好看？」

她笑得好像比姐姐更甜。

楚留香只有點點頭，道：「很好看。」

艾虹秋波一轉道：「我今年才十六歲，是不是還不算太老？」

十八的佳人一朵花，她正是花樣的年華。

楚留香只有搖搖頭，道：「不老。」

艾虹挺起胸，道：「你當然也看得出我已不是小孩子了。」

楚留香不想看，還是忍不住看了一眼，笑道：「我也不是瞎子。」

艾虹咬著嘴唇，忽又喝了碗酒。

這碗酒喝下去，她臉上已起了紅暈，紅著臉道：「我還是處女，你信不信？」

楚留香本已不想喝酒的，但現在卻立刻倒了碗酒喝下去。酒幾乎從鼻子裡噴了出來。

艾虹瞪著眼，道：「你若不信，可以檢查。」

楚留香趕緊道：「我信，很信。」

艾虹道：「像我這麼樣一個人，值不值得五百兩銀子？」

楚留香道：「値，很値。」

艾虹道：「那麼你還找我姐姐幹什麼？她豈非已將五百兩銀子還來了？」

楚留香道：「她並不欠我的。」

艾虹道：「她既然已答應了你，就要給你，她沒有五百兩銀子，所以就要我來抵數，我們姐妹雖窮，卻從不欠人的債。」她眼圈似也有點紅了，也不知是因爲傷心，還是因爲那第五碗酒。她已將第五碗酒喝了下去。

楚留香嘆了口氣道：「我求你一樣事行不行？」

艾虹道：「當然行，無論什麼事都行。」

楚留香道：「你回去吧，回去告訴你姐姐……」

艾虹打斷了他的話，道：「你要我回去？」

楚留香點點頭。

艾虹臉色發青道：「你不要我？」

楚留香苦笑道：「你不是五百兩銀子。」

艾虹道：「好。」

她忽然站起來，也不知從那裡拔出柄刀，反手一刀，向自己心口上刺了下去。她是真刺。

楚留香若是別的人，她現在已經死了。幸好楚留香不是別人，她的手一動，楚留香已到了她身旁，她的刀剛刺下，楚留香已抓住她的手。

她整個人忽然軟了，軟軟的倒在楚留香懷裡，另一隻手已勾住了楚留香的脖子，顫聲道：「我那點不好？你爲什麼不要我？」

楚留香的心也有點軟了，道：「也許只因爲你並不是自己願意來的。」

艾虹道：「誰說我不是自己願意來的？若非我早就見過你，早已看上了你，我怎麼肯來！」她的身子又香又軟，她的呼吸溫暖而芬芳。

一個男人的懷裡抱著這麼樣一個女人，若還心不動，他一定不是真正的男人。

楚留香是男人，一點也不假。

艾虹在輕輕喘息，道：「帶我走吧，我知道這附近有個地方，那地方沒有別的人……」

她身子在楚留香懷抱中扭動，腿已彎曲。她彎曲著的腿忽然向前一踢。踢楚留香的腿。

她踢得很輕，有很多女孩子在撒嬌時，不但會擰人打人，也會踢人。

被踢的男人非但不會覺得疼，還會覺得很開心。但這次楚留香卻絕對不會覺得開心。

她的腳踢出來的時候，鞋底突然彈出段刀尖。

她穿的是雙粉紅色的鞋子，彈出的刀尖卻是慘青色的，就像響尾蛇的牙齒那種顏色。

刀尖很小，刺在人身上，最多也只不過像是被針刺了一下，也不會很痛。

響尾蛇若咬了你一口，你也不會覺得很痛——你甚至永遠不會有痛的感覺，永遠不會有任何感覺。因爲你很快就要死了。

楚留香沒有死。

艾虹一腳踢出的時候，猛然有隻手從桌子底下伸出來，抓住了她的腳。

她又香又軟的身子立刻變硬了。

楚留香好像一點都沒有感覺到，他腿上畢竟沒有長眼睛。

但他卻忽然笑了，微笑著看著艾虹的臉，道：「我們何必到別的地方去，這裡就有張床。」

艾虹臉色已發青，卻還是勉強笑道：「床在哪裡？我怎麼看不見？」

楚留香道：「你現在就站在床上。」

他又笑了笑，道：「所以你下次要踢人的時候，最好先看清楚，是不是站在別人床上。」

艾虹也嘆了口氣，道：「早知道這裡有張床，我說不定已經躺下去了。」

突然有一個人在床底下笑道：「你現在躺下來還來得及。」

艾虹眨眨眼，道：「你這朋友不規矩，非但調戲我，還拚命摸我的腳。」

楚留香笑道：「沒關係，我早就將你的腳讓給他了。我只管你的手，腳是他的。」

腳。

艾虹吃吃笑道：「你這人倒真會撿便宜，自己先選了樣香的，把臭的留給別人……」

她身子突然向後一躍，倒縱而出，凌空一個翻身，已掠出門，楚留香最後看到她的一隻赤腳。

只聽她笑聲從門外傳來，道：「你既然喜歡我的鞋子，就留給你作紀念吧。」

胡鐵花慢慢地從桌子底下鑽出來，手裡還抓住隻粉紅色的鞋子。

楚留香看著他，笑道：「臭不臭？」

胡鐵花把鞋子往他鼻子上伸過去，道：「你為什麼不自己聞聞？」

楚留香笑道：「這是她送給你的，應該留給你自己享受，你何必客氣。」

胡鐵花恨恨道：「我剛才為什麼不讓她踢死你，像你這種人，踢死一個少一個。」

他皺著眉，又道：「有時我真不懂，你為什麼總是死不了，是不是因為你的運氣特別好？」

楚留香笑道：「也許只因為我很了解你，知道你喜歡摸女人的腳。」

胡鐵花瞪著眼道：「你真的早就知道我已醒了？」

楚留香道：「也許我運氣真的比別人好。」

胡鐵花瞪著他，瞪了很久很久，才嘆了口氣，道：「看來你果然在交桃花運，而且是種很特別的桃花運。」

楚留香道：「是哪種？」

胡鐵花道：「要命的那種，一個人若交上這種桃花運，不出半個月，就得要送命。」

楚留香苦笑道：「真有要命的桃花運？」

胡鐵花正色道：「當然有，而且這種桃花運只要一來，你就連躲都躲不了。」

楚留香有個原則。他若知道一件事已躲不了的時候，他就不躲。

等你要找他的時候，他往往已先來找你了。

花園裡很靜。

無論多熱鬧的宴會，都有散的時候。

拜壽的賀客都已散了，他們在歸途上，一定還在羨慕金太夫人的福氣，也許甚至帶著點妒忌。

可是金老夫人自己呢？

已經八十歲了，生命已到了尾聲，說不盡的榮華富貴，轉眼都要成空，就算還能再活二十年，但生命中最美好的一段時光早已過去，除了對往昔的回憶外，她還能真正享受到什麼？

楚留香面對著空寂的庭園，意興忽然變得很蕭索。

既然到頭來遲早總要幻夢成空，又何必去辛苦掙扎奮鬥？但楚留香並不是個悲觀消極的人，他懂得更多。

生命的意義，本就在奮鬥。

他並不一定要等著享受奮鬥的果實，奮鬥的本身就是快樂，就是種享受，那已足夠補償一切。

所以你耕耘時也用不著期待收穫，只要你看到那些被你犁平了的土地，被你剷除了的亂石和莠草，你就會覺得汗並不是白流的。

你就會覺得有種說不出的滿足。

只要你能證明你自己並不是個沒有用的人，你無論流多少汗，都已值得。

這就是生命的意義，只有懂得這意義的人，才能真正享受生命，才能活得快樂。

楚留香一直活得很快樂。

他仰起頭，長長吐出了口氣。

一個人無論活多久，只要他的確有些事值得回憶，不算白活。

他已該滿足。

假山比別的地方更暗。

楚留香遠遠就看到黑暗中有個人靜靜地站在那裡。

他走過去，這人背對著他，身上的披風長可及地，柔軟的頭髮從肩上披散下來，黑得像緞子。

她彷彿根本沒有感覺到有人走過來。

楚留香輕輕咳嗽，道：「艾姑娘？艾青？」

她沒有回頭，只是冷冷道：「你倒很守信。」

楚留香道：「我來遲了，可是我知道你一定還會等我的。」

她還是沒有回頭，冷笑道：「你對自己倒是很有信心。」

楚留香淡淡地一笑，道：「一個人若連自己都不信任，還能信任誰呢？」

她忽然笑了，慢慢地回頭。

楚留香怔住了。

她笑容如春花綻放，她不是艾青。

楚留香失聲道：「張潔潔。」

張潔潔眨著眼，滿天星斗都似已在她眼睛裡。

她嫣然笑道：「你爲什麼一定要叫我姐姐？就算偶爾叫我一聲妹妹，我也不會生氣的。」

楚留香忍不住摸了摸鼻子，道：「你在等我？」

張潔潔道：「難道只有艾青一個人能等你？我就不能等你？」

她又嫣然而笑，接著道：「有耐心的人才能等得到收穫，這句話你聽過沒有？」

楚留香道：「聽過。」

張潔潔道：「我比她有耐心。」

她凝注著楚留香，眼波朦朧，朦朧得像彷彿映在海水裡的星光。

楚留香道：「你等了很久？」

張潔潔眼波流動，道：「你是不是想問我，剛才有沒有看到她？」

楚留香笑了，道：「我並沒有問，但你若要說，我就聽。」

張潔潔道：「我剛才的確看到了她，而且知道她現在在哪裡，只不過……」她眨眨眼，道：「我不想告訴你。」

楚留香道：「爲什麼？」

這句話他本來不必問的，但一個男人在女人面前有時不得不裝裝傻。

張潔潔的回答卻令他覺得意外，甚至很吃驚。

她說：「我不想告訴你，因爲我不願看到你死。」

楚留香道：「你認爲她要殺我？」

張潔潔道：「你有沒有發覺，這兩天好像忽然交了很多女孩？」

楚留香道：「是嗎？」

張潔潔道：「你知不知道，交上桃花運的人，是要倒楣的。」

楚留香笑笑，道：「我相信有很多男人都希望倒這種楣。」

張潔潔道：「你呢？」

楚留香道：「我是男人。」

張潔潔嘆了口氣，道：「你一定要找艾青？」

楚留香道：「我跟她有約會。」

張潔潔盯著他，忽然向他走過來，拉開披風，用披風擁抱住他。

楚留香沒有動，卻已可感覺到她溫暖光滑的肌膚在戰慄。

披風下好像已沒有別的。

除了她自己之外，已沒有別的。

她輕輕地在楚留香胸膛上磨擦，道：「你要我，還是要文青。」

楚留香嘆了口氣，道：「聰明的女人不應該問這種話的。」

張潔潔道：「我不聰明，癡情的女人都不聰明。」

楚留香道：「我卻很守信。」

張潔潔道：「你不怕她殺你？」

楚留香沉默著，沉默就是答覆。

張潔潔忽然用力推開了他，立刻又用披風將自己裹住，裹得很緊。

甚至連楚留香也不能不覺得有點失望。

張潔潔瞪著他，瞪了很久，突然大聲道：「好，你去死吧。」

楚留香淡淡笑道：「到哪裡去死？」

張潔潔咬著嘴唇，道：「隨便你到哪裡去死！我不知道，知道也不告訴你。」

她忽然轉身跑開了，只剩下楚留香一個人在黑暗中自己苦笑。

十七八歲的女孩子，誰能了解她們的心？

他聽到風聲，抬起頭，忽然又看到張潔潔站在那裡，臉上又帶著春花般的笑，就好像剛才什麼事都沒有發生過似的。

她嫣然笑道：「我喜歡守信的男人，只希望你下次跟我約會時，也一樣守信。」

楚留香也笑了，道：「我只希望你永遠不要變得太聰明。」
張潔潔脈脈的凝注他，忽然抬手，向遠方指了指，道：「她就在那裡。」
她指著的地方，有一點燈光。
她對艾青的行蹤好像知道得很清楚。
楚留香雖奇怪，卻沒有問，他一向很少探聽別人的秘密。
尤其是女人的秘密。
張潔潔又道：「你喜不喜歡戴耳環的女人？」
楚留香笑道：「那就要看她是誰了，有的女人戴不戴耳環都一樣可愛。」
張潔潔道：「她戴耳環。」
楚留香道：「哦？」
張潔潔緩緩道：「有些女人一戴上耳環就會變得很可怕了，你最好特別小心點。」
園中很暗，剩下的燈光已不多。
這點燈光在園外。
園外的山坡上，有三五間小屋，燈光透出窗外。
艾青就住在小屋裡？
「有些女人一戴上耳環，就會變得很可怕。」
這句話是不是另有深意？

楚留香走上山坡，掠過花籬。

他一向是個很有禮貌的人，進屋子之前，一定會先敲敲門。

這次他的禮貌忽然不見了。

他直接就推門走了進去，他立刻就看到了一雙翠綠的耳環。

艾青果然在小屋裡。

桌上有燈，她就坐在燈畔，耳上的翠環在燈下瑩瑩發光。

她看到楚留香走進來時，臉上並沒有露出吃驚地表情，只是冷冷道：「你倒很守信。」

楚留香道：「我來遲了，可是我知道你一定會等我的。」

艾青冷笑道：「你對自己倒很有信心。」

楚留香笑了，道：「一個人若連自己都不信任，還能信任誰呢？」

他笑，因為這的確是件很可笑的事。

世上有很多種不同的女人，但這些不同的女人，對男人有些反應卻幾乎是完全一樣的，所以有時她們往往會說出同樣的話。

所以男人也只有用同樣的話來回答。

艾青瞪著他，瞪了很久，忽然笑了道：「我也知道你一定會來。」

楚留香道：「哦？」

艾青道：「因為我知道你這種男人是絕不肯放棄任何機會的。」

楚留香道：「你很了解我？」

艾青眨著眼，道：「我也知道你要的並不是五百兩銀子，你故意那麼說，只不過因爲對我沒把握，所以故意要試試我。」

她盯著楚留香，慢慢地接著道：「現在你已經用不著再試了，是嗎？」她盯著楚留香卻始終不敢正眼看他。

她坐在那裡，的確坐得很規矩，神情也很正經，就像是一個規規矩矩坐在老師面前的小學生。

她打扮得也很整齊，頭髮梳得一絲不亂，臉上脂粉不濃也不淡，甚至連耳環都戴得端端正正。

可是她身上唯一穿戴著的，就是這對耳環。

除了這對耳環外，再也沒有別的。

一個女人若是像初生嬰兒般赤裸著站在你的面前，她的意思當然已很明顯。

艾青道：「你已用不著嘗試，因爲你也已該明白我的意思。」

不明白這意思的，除非是白癡。

楚留香好像真的已變成白癡，摸了摸鼻子，道：「你是不是很熱？」

艾青居然沉住了氣，道：「我很冷。」

楚留香道：「是呀，這種天氣無論誰都不會覺得熱的。」

艾青道：「連豬都不曾覺得熱。」

楚留香道：「對了，你一定是想洗澡。」

艾青道：「我已洗過。」

楚留香道：「那麼……你是不是把衣服都送去洗了，沒有衣服換？」

艾青瞪著他，真恨不得一拳將他滿嘴的牙齒全都打出來。

楚留香嘆了口氣，道：「你若真的沒有衣服換，我可以去找條褲子借給你，至少你妹妹的褲子你總能穿的。」

艾青好像很驚訝，道：「我妹妹？」

楚留香道：「你想不到我已見過她？」

艾青道：「你幾時見到她的？」

楚留香道：「剛才。」

艾青道：「那麼你剛才一定見到了鬼，大頭鬼。」

楚留香笑道：「她的頭並不大，她就算是鬼，也不是大頭鬼，是酒鬼。」

艾青忽然叫了起來，大聲道：「無論你見到的是什麼鬼，反正絕不是我妹妹。」

楚留香道：「爲什麼？」

艾青道：「我沒有妹妹。」

楚留香皺眉道：「一個妹妹都沒有？」

艾青道：「半個都沒有。」

楚留香盯著她的眼睛，盯了很久，喃喃道：「看來你並不像是說謊。」

艾青道：「這種事我爲什麼要說謊？」

楚留香道：「也許因爲你喜歡說謊，有些人說謊時本就看不出來的。」

艾青突然跳了起來，一個耳光往楚留香臉上打了過來。

她沒有打著。

楚留香已抓住了她的手。

他的眼睛開始移動，從她的臉，看到她的腳，又從她的腳，看到她的臉。

這正是標準色鬼的看法。

沒有女人能受得了男人這樣看的，就算穿著十七八件衣服的女人也受不了。

艾青的身子開始往後縮，開始發抖。

她沒有被抓住的一隻手也已沒法子打人，因爲這隻手必須掩住身上一些不太好看的地方。

楚留香的眼睛偏偏就要往這些地方看。

艾青咬著牙，道：「你……你想怎麼樣？」

這句話本來也用不著問的，但一個女人在男人面前，有時也不得不裝裝傻。

楚留香微笑道：「我只想你明白兩件事。」

艾青道：「你……你說。」

楚留香道：「第一，我不是豬，是人，是男人。」

艾青眨著眼，道：「第二呢？」

她全身都是害怕的樣子，滿臉都是害怕的表情，可是她的眼睛卻不怕。

她的眼睛裡簡直連一點害怕的意思都沒有。

楚留香看著她的眼睛，又笑了，道：「第二，我不是君子，你恰巧也不是淑女。」

艾青臉上露出憤怒之色，但眼睛卻已開始在笑，咬著嘴唇道：「我還知道一件事。」

楚留香道：「哦？」

艾青道：「我知道你是個膽小鬼。」

楚留香笑道：「你很快就會發現自己錯了，而且錯得很厲害。」

艾青眼波流動，道：「難道你還敢對我怎麼樣？」

楚留香道：「我不敢。」

他嘴裡說「不敢」的時候，他的手已將她整個人抱了起來。

她整個人忽然全都軟了，閉上眼睛，輕輕嘆了口氣，道：「我的確錯了，你的確敢……」

這句話還沒有說完，她忽然覺得心往下沉，就好像忽然一腳踏空，就好像在噩夢中從很高的地方掉了下去一樣。

她立刻就發現這不是在做夢。

因爲她的人已從半空中重重的跌在地上，幾乎跌得暈了過去。

等她眼睛裡不冒金星的時候，就看到楚留香也正在看著她，微笑說道：「你沒有錯，我的確不敢。」

艾青忽然跳起來，抓起凳子往楚留香砸過去，抓起茶杯往楚留香擲過去，她手邊的每樣東西都被她抓了起來，砸了過去。

她砸過去的每樣東西都被楚留香接住。

直到沒有東西可抓時，她就將自己的人往楚留香砸過去。

楚留香也接住了。

他既不是豬，也不是神。

他也跟別的男人一樣，有時也禁不住誘惑，也會心動的。

這一次他真的抱住了她。

他忽然發覺，無論怎麼樣，她都可以算是個很可愛的女孩子。

艾青輕輕地喘息，又嘆了口氣，道：「我現在才明白爲什麼有很多人要殺你。」

楚留香道：「很多人？哪些人？」

艾青道：「別人我不知道，我只知道一個人。」

楚留香道：「誰？」

艾青道：「我。」

楚留香道：「你？你想殺我？」

艾青道：「否則我爲什麼要這樣子勾引你，難道我是發了花癡？」

楚留香笑道：「看來倒真有點像。」

艾青「嚶嚀」一聲，掙扎著要推開他，打他。

她推不開，也打不著。

楚留香很懂得怎麼樣才能要女人推不開他的法子，各種法子他都懂。

艾青的呼吸更急促，忽然道：「小心我的耳環。」

楚留香道：「你的耳環？」

艾青道：「你不能碰它。」

楚留香道：「爲什麼？」

艾青道：「耳環裡有毒針，你若想把它解下來，毒針就會彈入你的手。」她咬著嘴唇，又道：「男人跟女人好的時候，都喜歡把女人身上每樣東西都拉下來的，是不是？」

是的，在這種時候，男人都希望他的女人身上連一樣東西都沒有，因爲在這種時候，無論什麼東西都是多餘的。不但多餘而且討厭。

楚留香看著她的耳環，道：「這裡面的針很毒？」

艾青道：「每一根針上的毒，都可以毒死一條大象。」

楚留香嘆了口氣，苦笑道：「難怪有人告訴我，有的女人一戴上耳環就變得很可怕。」

他不讓艾青發問，先問道：「你既然要來殺我，爲什麼又將這些事告訴我呢？」

艾青又閉上眼，幽幽地嘆息，道：「因爲……因爲什麼我自己也不知道，也許因爲我真的發了花癡。」她的臉紅了，紅得那麼可愛。

她的臉又紅又燙，但鼻尖卻是冰冷的。

一個男人的嘴唇觸及女人冰冷的鼻尖時，他若還不心動，那麼他簡直連白癡都不是。

他一定是塊木頭，死木頭。

楚留香不是死木頭。

冰冷的鼻尖上有一粒粒小的汗珠，就像是花瓣上的露珠。

露珠是甜的，甜，香。

燈光昏黃，窗上已現出曙色，窗台上有一對翠綠的耳環。

艾青靜靜地躺著，凝視著楚留香。

他的鼻子直而挺，就像是用一整塊玉雕成的，他的眼睛清澈，宛如無邪的嬰兒，他的嘴角向上顯得自信而樂觀。

這實在是個可愛的男人，値得任何女人喜歡。

現在他臉上帶著種深思的表情，正專心的看著這對耳環。

艾青解下這對耳環的時候，她自己的手也在不停地發抖。

楚留香忽然嘆了口氣，道：「我知道很多殺人的法子，可是用耳環來殺人，到的確很別致。」

他忽又笑了笑，道：「我若真的死了，倒也有趣得很。」

艾青道：「有趣？」

楚留香道：「那我就一定是天下第一個被耳環殺死的人。」

艾青眨眨眼，道：「沒有人告訴你，你現在也許已經是個死人？」

楚留香道：「你認爲這法子一定能殺得死我？」

艾青道：「你想呢？」

楚留香笑笑，道：「以前有很多人想殺死我，他們用的都是自己認爲一定能殺死我的法子。」

艾青道：「結果呢？」

楚留香道：「至少我現在沒有死。」

艾青凝視著他，臉忽然紅了，咬著嘴唇道：「你的確沒有死，我卻差點死了。」

這是句能令任何男人聽了都會自覺驕傲的話。

楚留香卻似沒有聽見，忽又問道：「這耳環是誰替你戴上的？」

艾青道：「你爲什麼要問？」

楚留香道：「因爲替你戴這耳環的人，就是真正想殺我的人。」

艾青道：「你想去找他？」

楚留香道：「不想。」

艾青道：「真的不想？」

楚留香道：「因爲我不必去找他，他一定還會來找我。」

艾青沉默著，終於點了點頭，說道：「他也知道我未必能夠殺得了你，所以除了我，一定還有許多的人。」

楚留香道：「是些什麼人？」

艾青道：「女人。」

楚留香笑道：「他很信任女人？他認爲女人比男人更懂得殺人？」

艾青道：「也許那只不過他知道你的弱點。」

楚留香道：「我的弱點？」

艾青嘴角帶著笑，道：「江湖中人人都知道楚香帥的弱點，楚香帥唯一的弱點就是女人，尤其是好看的女人。」

楚留香長長吐出口氣，道：「原來你早已知道我是誰了。」

艾青道：「知道你的人不止我一個。」

楚留香嘆道：「但我卻還不知道他是誰？爲什麼要殺我？」

艾青瞟著他，道：「你是不是很想知道？」

楚留香道：「想死了。」

艾青笑笑，又嘆了口氣，道：「我本來不應該告訴你，可是……」她這句話沒有說完楚留香忽然抱著她滾了出去。

一隻手忽然由窗外伸進來，將窗台上的耳環向他們彈了過來。

楚留香好像一直在凝注著艾青，並沒有往別的地方看。

但他卻看到了這隻手。

一隻纖秀而美麗的手，指甲上還好像染著鮮艷的鳳仙花汁。

鮮紅的指甲，翠綠的耳環。

初升的陽光，淡淡地照在窗台上。

在指尖彈出那一瞬間，這一切本是幅美極了的圖畫。

這也是幅殺人的圖畫。

楚留香直滾到屋角，才敢回頭。那隻手還在窗台上，正在向他招手。

艾青忽然發抖，顫聲道：「是她，就是她！」

楚留香身形已掠起，順手撈起桌上的燈，向窗外擲出。他的人卻已掠出門。

門外沒有人，那扇窗外也沒有人。

風吹著新綠的柳葉，淡淡地晨霧在柳葉間飄浮，一盞燈擺在窗下，正是楚留香剛才擲出的燈。

人呢？楚留香長長呼一口氣，知道自己這次又遇著了個極可怕的對手。

就在這時，前面的屋角後忽然又有隻手伸出來，向他輕招。還是那隻手，美麗而纖秀的手指，指尖鮮紅。

楚留香用最快的速度掠過去。他懷疑過很多的事，甚至懷疑過神，但卻從未懷疑過自己輕功。

從未有人懷疑過他的輕功。

楚留香輕功無雙，已是件毫無疑問的事。但等他掠到屋後，人又不見了。

屋後沒有樹，只有風，風吹過山坡。

楚留香忽然覺得風很冷。

「這隻手要殺的人不是我，是艾青。」

楚留香凌空翻身，箭一般竄回，門還是開著的，他掠進去。

燈在桌上。赫然正是他剛才擲出的那盞燈。

只有燈，沒有人。

斜陽照著屋角，艾青已不見了。

風從門外吹入，更冷。

楚留香的掌心漸漸潮濕，他眼角忽又瞥見了同樣一隻手。

手在窗台上。

還是那隻手，指尖纖纖，指甲鮮紅。

楚留香箭一般竄過去，突然出手！

這次他居然抓住了這隻手。冰冷的手，一股寒意自指尖直透入楚留香的心。

他輕輕一拉，就將這隻拉了起來。

只有手，沒有人。

一隻斷手。

被人齊腕砍斷的，還在沁著血。

等血滴乾，這隻手就漸漸蒼白，漸漸乾癟，就像是一朵鮮花突然枯萎！

二　勾魂玉手

你若看到一朵鮮花在你手裡枯萎，心裡總難免會覺得很惋惜，甚至會覺得有種說不出的愁悶。

就算你並不是個多愁善感的人，你也會不禁爲之嘆息。

美麗的生命爲什麼總是那麼短促？但你看到的若是一隻斷手，看著這本來很美麗的手突然間乾癟，那麼你心裡就不僅會覺得惋惜愁悶。

你還會想到許多別的事。

這隻手是誰的？是誰砍斷了這隻手？

楚留香忽然發覺這隻手並不是剛才向他搖動的那隻手。

這隻手的手背上有一塊烏青，是被人扭傷的痕跡。

他確信剛才那隻手上絕沒有這痕跡。

這隻手是不是艾青的？

楚留香的心往下沉，他不能確定。

他一直沒有仔細看過艾青的手，艾青身上有很多更值得他看的地方。

這也許就是剛才還在他身上輕輕愛撫的手。

這手彷彿突然扼住了楚留香的咽喉。

他轉身衝出去，門外陽光照地。

旭日已東昇。

陽光是件很奇妙的東西，它有時能令人發熱，有時卻能令人冷靜。

楚留香一向喜歡陽光，他在初昇的陽光下站了很久，盡力使腦子裡什麼也不想，直等到頭腦完全冷靜下來，才將這件事重新想了一遍。

他想得很仔細，每一個細節都沒有錯過。

這件事本是由艾青開始的，但奇怪的是，他想得最多的，不是艾青，而是張潔潔。

他想著張潔潔的時候，就看到了張潔潔。

她的人像是隨時隨地都會在他面前出現。

張潔潔正從山坡上走下來。

她嘴裡輕輕哼著支輕巧而愉快的小調，手裡拈著朵小小的黃花，黃花在晨風中搖動，她身上穿著的鵝黃輕衫也在風中飄動。

其他那些像她這種年紀的女孩子，都喜歡將衣衫做得很合身，甚至比合身更緊些，盡量使自己看來苗條。她卻不同。

她衣服穿得寬寬的，鬆鬆的，反而使得她看來更婀娜多姿。

作。

她衣服的顏色也許沒有艾青配得那麼好，但卻更瀟灑脫俗，既不刻意求工，也不矯揉做

她這人就像是她哼著的那支小調，輕鬆自然，令人愉快，尤其是在這晴朗乾燥的三月清晨，在這新鮮溫暖的初昇陽光下，無論誰看到她，心裡都會覺得很舒服。

楚留香看著她。

她也在看楚留香，臉上帶著輕盈的淺笑，腳步輕盈得宛如春風。

她走過來，走到楚留香面前，忽然笑道：「恭喜恭喜。」

楚留香道：「恭喜？有什麼值得恭喜的。」

張潔潔道：「你看到新郎倌的時候，難道從來不說恭喜？」

楚留香沒有說話。

因爲張潔潔不讓他開口，又道：「你看來好像累得要命的樣子，是不是剛做過苦工？」

她吃吃地笑著，又道：「我這話問得真傻，新郎倌當然一定會很累的，任何一個新郎倌在洞房花燭夜裡，都一定有很多事要做。」

楚留香笑笑道：「那並不是做苦工。」

張潔潔道：「當然不是。」

她咬著嘴唇，笑道：「苦的當然不是新郎倌，是新娘子。」

楚留香只好又笑了笑。

遇著這麼大膽女孩子，他還能說什麼？

張潔潔眨眨眼，又問道：「新娘子呢？難道起不了床了？」
楚留香道：「我正想問你。」
張潔潔道：「問我？問什麼？」
楚留香道：「她在哪裡？」
張潔潔目中露出吃驚詫異之色，道：「她難道已走了？」
楚留香點點頭。
張潔潔道：「你不知道她到什麼地方去了？」
楚留香搖搖頭。
張潔潔道：「你若不知道，我怎麼知道呢！」
楚留香道：「因爲你對她的事好像知道得很多。」
這次張潔潔的嘴忽然閉上了。
楚留香盯著她，緩緩道：「你知道她要殺我，知道她戴著一對殺人的耳環。」
張潔潔終於點點頭。
楚留香道：「除此之外，你還知道些什麼？」
張潔潔道：「你認爲我還知道些什麼？」
楚留香道：「譬如說，是誰叫她來殺我的？爲什麼要殺我？」
張潔潔眼珠子轉動道：「我怎麼會知道這些事？」
楚留香道：「這句話也正是我想問你的，你是否……」

……」

張潔潔打斷了他的話，道：「難道你認爲我也是跟她一夥的人？」

楚留香既不承認，也不否認，這種態度通常就等於是默認。

張潔潔道：「我若真的是，爲什麼要將她的秘密告訴你？」

楚留香道：「你若不是，怎麼會知道她的秘密？」

張潔潔沉默了很久，忽然從他身旁走過去，走進了那間屋子。

屋子裡很亂。

艾青拿來砸楚留香的東西，還散在地上，一直沒有收拾。

他們沒有功夫收拾。

張潔潔又笑了，道：「這地方看來倒真像是個戰場，爲什麼洞房總是……」

她聲音突然停頓，笑容突然凝結。

她也看到了那隻手。

楚留香一直在盯著她，注意著她臉上的表情，立刻問道：「你知道這是誰的手？」

張潔潔彷彿連呼吸都已停頓，過了很久，才吐出口氣，道：「這不是人的手。」

楚留香道：「這難道是鬼手？」

張潔潔嘆了口氣，道：「鬼有什麼可怕的？你幾時聽說過鬼真的殺死過人？可是這隻手

她呼吸彷彿又變得很困難，又過了很久，才說出五個字：「這是勾魂手。」

楚留香皺了皺眉，道：「勾魂手？」

張潔潔道：「無論誰只要看到一隻勾魂手，遲早總要被它將魂勾走。」

她接著又道：「聽說這勾魂手還分好幾種，最差勁的一種要勾人的魂，也只不過半個月。」

楚留香道：「這是哪種？」

張潔潔嘆了口氣，道：「這是最好的一種。」

楚留香道：「依你看，是不是愈好看的手，勾起魂來愈快？」

張潔潔道：「一點也不錯。」

楚留香笑了。

張潔潔瞪起眼，道：「你認爲我是在嚇唬你？你認爲很好笑？等到你的魂魄被勾走時，你就笑不出來了。」

她冷冷接著道：「非但笑不出，簡直連哭都哭不出了。」

楚留香笑道：「我只想知道它是用什麼法子將魂勾走的，那種法子一定很有趣。」

張潔潔道：「我不知道，沒有人知道，知道的人都已進了棺材。」

楚留香道：「但你卻知道。」

張潔潔道：「我只知道這是勾魂手。」

楚留香道：「你以前見過？」

張潔潔道：「我只聽人說過。」

楚留香道：「誰說的？」

張潔潔道：「一個……一個朋友。」

楚留香道：「你那朋友知道很多事？」

張潔潔道：「我告訴你的事，都是聽他說的。」

楚留香道：「他現在哪裡？」

張潔潔道：「你知不知道現在是什麼時候？」

楚留香道：「是早上，很早。」

張潔潔道：「在這麼早的早上，你的朋友通常都在哪裡？」

楚留香笑了，他忽然想起了胡鐵花，笑道：「他們有時躺在別人的懷裡，有時躺在小酒舖裡的桌子底下。」

張潔潔也笑了，但立刻又板起臉，道：「我的朋友既不是酒鬼，也不是瘋子，他們都很正常，正常的人這種時候當然還在家裡。」

楚留香道：「好，那麼我們就走吧！」

張潔潔道：「走？走到哪裡去？」

楚留香道：「當然是他的家。」

張潔潔瞪著眼，道：「我爲什麼一定要帶你去！」

楚留香笑笑，道：「因爲你若老不肯帶我去，我就會很難受，你既然是我的好朋友，當然不會要我難受的。」

張潔潔咬著嘴唇，恨恨道：「我偏不帶你去，偏要讓你難受，最好能氣死你。」

她去了。

當一個女孩子說要氣死你的時候，她的意思往往就是表示她很喜歡你。

這道理沒有人能比楚留香更明白的了。

藍的天，白的雲，陽光剛剛升起，照在紅的花，綠的葉子上，葉子上還帶著晶瑩透明的新鮮露珠。

風也是新鮮的，新鮮而芬芳，就彷彿多情少女的呼吸。

在這麼樣一個早上，有一個年輕美麗的女孩子陪著你，走在藍天白雲下，紅花綠葉間，這當然是件非常令人愉快的事。

但楚留香今天卻並不覺得十分愉快，他好像總是有個陰影。

一隻手的陰影。

這隻手好像隨時隨地都會從黑暗中伸過來，扼住他的喉嚨，把他扼死。

張潔潔看來倒比他愉快多了。

她手上剛折了一枝帶露的野花，嘴裡還在輕輕地哼著山歌。

她年輕而又美麗，像她這樣的女孩子，本就不該有煩惱的。

也許她根本沒有學會如何去煩惱，如何去憂鬱。

一輛騾車從山後轉出來，車上載著半車蒿苣，碧綠如翡翠。

趕車的老頭子抽著旱煙，花白的頭髮在陽光下燦爛如銀。

張潔潔跳躍著奔過去，笑著招呼道：「老伯是不是要進城去？」

老頭子本來瞇著眼，看見她，眼睛也亮了，大聲道：「是進城去，去賣菜。」

張潔潔道：「我們搭你老人家的車進城好不好？」

她不等人家說好，就已跳上了車。

像這麼樣一個女孩子既已跳上了車，從八歲到八十歲的男人都絕不會把她趕下來的。

老頭子哈哈一笑，道：「車反正還空著，上來吧，你們小倆口一起上來吧。」

楚留香摸了摸鼻子，也只好跳上了車。

張潔潔看著他吃吃地笑，悄悄道：「人家說我們是倆口子，你怎麼不否認呢？」

楚留香也笑了笑，道：「你既然不否認，我否認什麼？」

張潔潔眨眨眼，道：「我們倆看來是不是真像小倆口子？」

楚留香上上下下看了她幾眼，微笑道：「我若是結親結得早，女兒已經跟你差不多大了。」

張潔潔狠狠瞪了他一眼，狠狠道：「你就算想做我兒子，老娘還嫌你年輕了些。」

這句話還沒說完，她自己又忍不住吃吃地笑了起來，她覺得「老娘」這名詞實在很新鮮，很有趣。

她好像很佩服自己，怎麼能說得出這種名詞來的。

楚留香看著她，忍不住也開心了些。

有些人彷彿天生就能令人愉快的，張潔潔就是這種人。

她無論對你怎麼樣，你都沒法子對她生氣。

趕車的老頭子正在扭著頭看他們，笑道：「看你們笑得這麼親熱，一定是新婚的。」

張潔潔眨著眼道：「你老人家怎麼知道？」

老頭子嘆了口氣，道：「若是老夫老妻，就笑不出了，比如說像我這樣，我一看見那黃臉婆，簡直連哭都哭不出。」

張潔潔也笑了，笑著笑著，忽然重重的在楚留香鼻子上擰了一下。

楚留香只有乾瞪眼，只有自認倒楣。

那老頭子卻在替他抱不平了，道：「好好的你擰他幹什麼？」

男人總是幫著男人說話的。

張潔潔抿嘴笑道：「我以後遲早也要變成黃臉婆的，不乘著現在欺負欺負他，等到那時，就只有讓他來欺負我了。」

老頭子哈哈大笑，點頭道：「有理，說得有理，想當年我那老太婆生得還標緻的時候，不也是整天拿我當受氣包嗎？」

他將旱煙袋重重的在車轅上一敲，瞧著楚留香笑道：「看來一個男人若想娶個標緻的老婆，就得準備先受幾年氣。」

張潔潔道：「現在呢？現在你是不是常常拿她當受氣包？」

老頭子忽然嘆了口氣，苦笑道：「現在的受氣包還是我。」

張潔潔「噗哧」一笑，道：「無論做什麼事，只要做習慣了，也沒有什麼了。」

老頭子瞇著眼笑道：「是呀，我現在就已漸漸覺得做受氣包也蠻有意思的，我那老太婆若是三天不給我氣受，我反而難過。」

楚留香也忍不住笑了。

老頭子忽又嘆了口氣，道：「現在我只有一樣事還是不太明白。」

楚留香道：「哪樣事？」

他也開始搭腔了，因爲他忽然也覺得這老頭子很有意思。

老頭子道：「別人都說怕老婆的人會發財，但我到現在還是窮脫了鍋底，這又是爲了什麼？」

楚留香笑道：「也許怕得還不夠厲害。」

老頭子道：「要怎麼樣怕才能發財呢？我倒真想學學。」

楚留香道：「那麼你就要從『三從四德』開始學起了。」

老頭子道：「男人也講究三從四德？」

楚留香道：「現在已經漸漸開始講究了，將來一定講究得更厲害。」

老頭子道：「你快說給我聽。」

楚留香道：「老婆的命令要服從，老婆的道理要盲從，老婆無論到哪兒去，你都要跟從。」

老頭子道：「原來這叫三從，四德呢？」

楚留香道：「老婆花錢你要捨得，老婆的意思你要曉得，老婆的氣你要忍得，老婆揍你的時候你就要躲得，躲得愈遠愈好。」

老頭子一拍大腿，笑道：「好，小夥子，有出息，我看你將來一定是個百萬富翁。」

他大笑著道：「我現在總算知道那些百萬富翁是怎麼來的了。」

楚留香忽又笑道：「但男人也不一定非得怕老婆才能發財的。」

老頭子道：「難道還有別的法子？」

楚留香道：「有一種法子。」

老頭子道：「哪種？」

楚留香道：「不要老婆。」

這裡本就在城外近郊，他們談談笑笑好像很快就進了城，一個人只要還能笑，日子總較易打發的。

老頭子道：「你們小倆口是要到城裡什麼地方去呀？」

張潔潔道：「你老人家呢？」

老頭子道：「我已經快到了，就在前面的菜市！……」

他忽然閉上了嘴，變得面色如土。

楚留香順著他目光望過去，就看到一個又高又胖的老太婆正從菜市裡衝出來，手裡提著秤桿。

老頭子看到了她，就像是小雞看到老鷹似的，還沒開口，老太婆已一把將他從車上揪下來，手裡的秤也沒頭沒腦的往他身上打下來，痛罵著道：「你這老不死，你這殺千刀，老娘正在奇怪，你為什麼死到現在還不來，原來你在路上搭上了野女人。」

老頭子一面躲，一面哀求，道：「你怎麼能胡說，那是人家的老婆。」

老太婆變得更兇，打得更重，道：「放你娘的春秋屁，誰是誰的老婆，看那小狐狸精的樣子，從頭到腳有哪點像是正經女人！」

張潔潔這才明白她罵的是誰了，也不禁被她罵得怔住。

但眼看著那老頭子已快被打得滿地亂爬，她又有點不忍，悄悄地推了楚留香一把，道：「人家為了我們被揍得這麼慘，你也不去勸勸。」

楚留香嘆了口氣，道：「女人若要打自己的老公，連皇帝老子都勸不住的。」

張潔潔著急道：「你至少也該去替他解釋呀，你們男人難道就一點也不同情男人嗎？」

楚留香摸了摸鼻子，只有硬著頭皮走過去，剛叫了一聲：「老太太。」還來不及說別的。

那老太婆已往他面前衝了過來，瞪著眼道：「誰是老太太，你媽才是個老太太！」

老頭子又急又氣，在旁邊直跺腳道：「你看這女人多不講理，明明是你的老婆，她偏不信。」

老太婆眼睛瞪得更大，道：「那小狐狸精真是你老婆？」

楚留香只有苦笑點點頭。

他生平最怕的是，就是遇見個不講理的女人，若遇有比這件事更糟的，那就是遇見了個不講理的老太婆了。

老太婆道：「她真是你老婆，好，我問你，你老婆叫什麼名字？」

她問得倒也不算出奇，丈夫當然應該知道自己老婆的名字。

捕快們抓流鶯土娼的時候，總是這樣問嫖客的呢！

楚留香苦笑道：「她叫張潔潔……」

他正在慶幸，幸好還知道張潔潔的名字。

誰知他一句話還沒說完，老太婆已跳了起來，大罵道：「好，你這小舅子，明明是你的姐姐，偏說是老婆，你什麼人的小舅子不好做，爲什麼卻偏偏做這老甲魚的小舅子，你究竟拿了他多少銀子？」

她愈罵愈氣，手裡的秤又沒頭沒腦的往楚留香身上打了下來。

這實在未免太不像話了，老頭子也著了急，趕過來拉，大聲叫嚷道：「人家又不是你老公，你憑什麼打人家？」

聽他的說法，女人打老公好像本是天經地義的事。

老太婆大叫道：「我偏要打，打死這小舅子……」

兩人一個急著要拉，一個急著要打。

楚留香也看得發了怔，正不知是該勸的好，還是該溜的好。

忽然間，拉的和打的全都要跌倒，往他身上跌了過來。

到了這種時候，這種地步，楚留香也只好伸手去扶他們一把。

忽然間，老頭子從下面抱住了他的腰，老太婆出手如風，手裡的秤在一剎那間已點了他身上七八處穴道。

「沒有人能騙得了楚香帥。」

這句話看來已應該加以修正了。至少應該在上面加一句：

「除了女人外，沒有人能騙得了楚香帥。」

楚留香也忽然發現了一樣事：「老太婆也是女人，從八歲到八十歲的女人都一樣不能信任。」

他早已發誓要加倍提防女人，只可惜還是忘了這一點。

他好像命中注定要栽在女人身上。

騾車又出了城。

老頭子嘴裡抽著旱煙，得意揚揚的在前面趕車。

楚留香躺在一大堆萵苣上，就像個特大號的萵苣──他一向很少穿綠顏色衣裳，偏偏今天例外。

衣服是蘇蓉蓉特地為他做的。

「到人家那裡去拜壽，總應該穿得鮮艷些，免得人家看著喪氣。」

楚留香嘆了口氣：「為什麼不挑紅的黃的，偏偏挑了件綠的呢？」

他討厭萵苣。

他一向認為胡蘿蔔和萵苣這一類的東西，都是給兔子吃的。

那老太婆就坐在他旁邊，上上下下的打量著他，好像對他很感興趣。

只要是女人，就會對楚留香感興趣，從八歲到八十歲的都一樣。

張潔潔呢？

張潔潔早已不見了。

老太婆忽然看著他笑道：「這次的事，想必給了你個教訓吧？」

楚留香道：「什麼教訓？」

老太婆道：「教訓你以後少管人家夫妻間的閒事，男人就算被自己的老婆活活打死，也是他活該，這種事本就是誰也管不了的。」

楚留香嘆了口氣，道：「這次的事給我的教訓又何止這一個。」

老太婆道：「哦，還有什麼教訓？」

楚留香道：「第一，教訓我以後切切不可隨隨便便就承認自己是別人的丈夫。」

老太婆道：「還有呢？」

楚留香道：「第二，教訓我以後切切不能忘記老太婆也是女人。」

老太婆沉下了臉，道：「你栽在我手上是不是有點不情願？」

楚留香嘆道：「現在我只後悔昨天爲什麼沒有栽在那些年輕漂亮的小姑娘手上！」

老太婆冷笑道：「只可惜你現在想已太遲了。」

楚留香苦笑道：「所以我現在只希望一件事。」

老太婆道：「什麼事？」

楚留香道：「只希望變成個兔子。」

老太婆怔了，道：「兔子？」

楚留香笑道：「你若把一隻兔子抛在成堆的蒿苣上，牠正好得其所哉，後悔的就是你了。」

那老頭子忽然回過頭，笑道：「老太婆，你有沒有發現這人有點很特別的地方？」

老太婆道：「有什麼特別的？」

老頭子道：「到了這種時候，他居然還有心情說笑話，而且話還特別多。」

這的確就是楚留香最特別的地方。

愈危險，愈倒楣的時候，他愈喜歡說話。

這不但因爲他一向認爲說話令自己的心情鬆弛，也因爲他往往能從談話中找出對方的弱點來。

對方有弱點，他才有機會。

就算沒有，他也能製造一個。

騾車轉入一條很荒僻的小路。

楚留香眼珠子轉了轉，道：「這條路是往哪裡去的？我以前怎麼沒走過？」

老太婆冷冷道：「你沒走過的路還多得很，留著以後慢慢地走吧。」

楚留香道：「以後我還有機會走麼？」

老太婆道：「那就要看了。」

楚留香道：「看什麼？」

老太婆道：「看我們高不高興。」

楚留香道：「若是不高興呢？難道就要殺了我？」

老太婆道：「哼！」

楚留香道：「我跟你們無冤無仇，就算要殺我，也不會是你們自己的主意吧？」

老太婆忽然不說話了。

楚留香道：「我知道有個人要殺我，卻一直想不出是誰？」

他眼珠子又一轉，道：「是不是張潔潔？你們是不是早已認得她了？這是不是你們早就串通好了的把戲？」

老太婆還是閉著嘴，好像已打定主意，不再跟這人說話了。

楚留香忽然笑道：「我現在才發現你也有樣很特別的地方，也就是你最大的長處。」

別人提及自己的長處時，很少有人能忍得住不追問的。

老太婆果然忍不住問道：「你在說什麼？」

楚留香道：「你最大的長處，就是不像別的女人那麼多嘴。」

老太婆道：「哼！」

她雖然還是在「哼」，但臉色已好看多了。

楚留香笑了笑，又道：「別人都說老太婆最多嘴，你既然不多嘴，想必還不太老。」

他忽又嘆了口氣，道：「只可惜你太不注意打扮了，所以才會看得老些，要知道：『三分像貌七分打扮』，每個女人都是這樣的。」

老太婆不由自主拉了拉自己的衣襟，摸了摸臉。

楚留香道：「比如說張潔潔吧，她若像你這樣一點也不打扮，看上去就不會比你年輕多少。」

老太婆情不自禁嘆了口氣，道：「她還是個小姑娘，我怎麼能跟她比？」

楚留香道：「你今年貴庚，有沒有三十八？」

老太婆指著臉道：「你少拍我馬屁。」

她雖然還想扳著臉，卻已忍不住要笑了。

小姑娘希望別人說自己長大了，老太婆希望別人說自己年輕。

這正是千古以來都顛撲不破的。

那老頭子忽又回過頭，笑道：「老太婆，聽說這人的一張油嘴最會騙女人，你可得小心些，莫要上他的當。」

楚留香道：「我說的是實話。」

老頭子笑道：「難道你真認爲她只有三十八？不是八十三？」

老太婆忽然跳起來，順手一個耳光打了過去，大罵道：「放你媽的屁，老娘若真有八十三，你豈非是我龜孫子？」

老頭子縮起頭，不敢開口了。

楚留香笑了笑，悠然道：「其實這也不能怪他，在別人眼中自己的老婆看來總是特別老些。」

老太婆還在氣得直喘，恨恨道：「所以女人根本就不該嫁人。」

楚留香嘆道：「老實說，在這世界上，女人的確比較難做人，若說不嫁吧，別人又會笑她嫁不出去，若嫁了吧，又得提防著男人變心。」

他滿臉都是同情之色，接著卻嘆道：「男人好像都忘了一件事情，都忘了自己也是女人生出來的。」

天下只怕很少再有什麼別的話能比這句話更令女人感動的了。

老太婆忍不住嘆了口氣，道：「天下的男人若都像你這麼通情達理，女人的日子就會好過得多了。」

楚留香苦笑道：「可是像我這種人又有什麼好處呢？反而有人想要我的命，而且偏偏還是女人想來要我的命。」

老太婆看著他，好像已有點同情，有點歉意，柔聲道：「她也許並不是真想要你的命，只不過想見見你而已。」

楚留香搖搖頭，道：「她若只不過想見見我，為什麼不直接來找我？為什麼要花這許多心機？這許多力氣呢？」

他嘆息著，黯然道：「我其實當真做了什麼對不起她的事，死也不冤枉，最冤枉的是我非但沒見過她的面，連她是什麼人都不知道。」

老太婆也在嘆息著，吶吶道：「其實我們也跟你無冤無仇的，也不是真的想害你，只不過……只不過……」

楚留香道：「我知道你們一定也有你們的苦衷，所以也不想你們放了我，我只想……只想……」

老太婆慨然道：「你想什麼只管說，只要是我能做得到的，我一定幫你個忙。」

楚留香道：「說來其實也沒什麼，只不過我平生不吃萵苣，而且最怕萵苣的味道，現在只覺得肚子裡作怪，好像要吐。」

老太婆也顯得很同情，道：「萵苣的確有種怪味，我就知道有很多人不敢吃。」

楚留香道：「現在若有口酒給我喝，我就會覺得舒服多了。」

老太婆笑道：「這件事容易。」

這的確不能算是非份的要求，就算犯了罪的囚犯，在臨刑之前，也總有碗酒喝的。

老太婆已站起來，大聲道：「老頭子，我知道你一定藏著酒，快拿出來。」

老頭子嘆了口氣，道：「喝口酒倒是沒什麼，只不過他胸口幾處穴道都被你點住了，這酒兒怎麼嚥得下去呢？」

老太婆道：「我既然能點住這些穴道，難道就不能解開？」

老頭子好像嚇了一跳，道：「你想解開他的穴道？若讓他跑了，誰能擔當這責任？」

老太婆冷笑道：「你放心，他跑不了的。」

楚留香苦笑道：「不錯，若將我兩條腿上的穴道都點住，我怎麼跑得了？」

老頭子這才慢吞吞的從車座下摸出一瓶酒，還準備自己先喝幾口。

老太婆卻已劈手一把搶過來，在楚留香面前揚了揚，道：「小伙子，你聽著，只因我覺得你人還不錯，所以才給你這瓶酒喝，你可千萬不能玩什麼花樣，否則莫怪我不客氣。」

老頭子喃喃道：「她若真的不客氣起來，我可以保證絕沒有一個人能吃得消的。」

老太婆瞪了他一眼，已順手點了楚留香兩條腿上六處大穴。

老頭子道：「還有手——你既然這麼喜歡他，不如就索性餵他吃吧。」

老太婆冷笑道：「餵就餵，反正按我的年紀，至少已可以做他的……他的老大姐了，還有什麼嫌疑好避的呢？」

老頭子喃喃道：「原來只能做他的老大姐，我還以爲你已能做他的媽了呢！」

老太婆嘴裡罵著，手上還是又將楚留香雙臂上的穴道點住。

她年紀雖老，但一雙手還是穩重得很，認穴又準又快，絕不在當世任何一位點穴名家之下。

楚留香早已看出這夫婦兩人必定都是極負盛名的武林高手，一時卻偏偏想不出他們是誰。

到最後，這老太婆總算將他的胸口的穴道解開，然後才扶起了他，將酒瓶對住了他的嘴，道：「你慢慢地喝吧。不是我信不過你，只因別人都說你無論在多危險的情況下，都能找到機會逃走。」

楚留香喝下兩口酒，喘了口氣，苦笑道：「像你這樣的點穴手法，天下最多也不過只有兩三個人比得上，若還有人能從你手上逃走，那才是怪事。」

老太婆笑道：「你倒識貨……其實我也不信你能從我手下逃走，只不過總是小心點的好。」

楚留香一面喝著酒，一面點著頭。

老太婆笑道：「用不著喝得這麼急，這瓶酒反正是你的。」

她將酒瓶子拿開了些，好讓楚留香喘口氣。

楚留香的確在喘息。

氣喘得很急，連臉都漲紅了。

老太婆昂著頭，喃喃道：「爲什麼男人總好像全都是酒鬼呢？我就一直想不通喝酒有什麼好處？」

她馬上就快想通了。喝酒就算沒別的好處，至少總有一樣好處。喝酒往往能救命！

突然間，一口酒箭般從楚留香嘴裡射出來，射向老太婆的臉。

老太婆一驚，往後退，就從萵苣堆上落下。這股酒箭已射在楚留香自己的腿上。

老頭子也吃了一驚，從車座上掠起翻身，馬鞭直捲楚留香的脖子。

老太婆的反應更快，身子一落，立刻又彈起，十指如爪，鷹爪般向楚留香足踝上抓了過去。

只可惜他們還是慢了一步。楚留香要逃走的時候，永遠沒有人能猜得出他要用什麼法子。

等到別人知道他用什麼法子的時候，總是已慢了一步。

酒箭射在他腿上，已將他腿上被點住的穴道解開——這一股酒箭衝激之力，足以將任何人點住的穴道解開。他兩條腿一圈，身子立刻彈起，箭一般竄了出去。比箭更快！

楚留香的身子只要一掠起，天下就沒有任何人再能抓住他。絕沒有！

「楚香帥輕功第一，天下無雙！」這句話絕不是瞎說的。

他身子一掠起，立刻淩空翻身，嘴裡剩下的小半口酒已乘機衝開了右臂的穴道。

他右臂一掄，身子又淩空一翻，右手已拍開了左臂的穴道。

雙臂的穴道一解，更像是多了對翅膀，只見他雙臂揮舞，身子就好像風車似的，在半空中轉了幾轉，人已落在七八丈之外的樹枝上。樹枝幾乎連動都沒有動。

他站在樹枝上，好像比別人站在地上還要穩得多。那老頭子和老婆子似乎已看呆了。

他們沒有追，因爲他們已看出，就算是追，也追不上的。

何況，就算追上了又能怎麼樣呢？他們也沒有逃，因爲他們也已看出逃也逃不了。

楚留香微笑著，忽然道：「這次的事，想必也已給了你們個教訓吧。」

老太婆嘆了口氣，道：「不錯，我現在才知道，男人的話是絕不能聽的，男人若對你拍馬屁的話，你連一個字都不能相信。」

老頭子道：「這道理你現在才明白？」

老太婆道：「因爲我活了六十多歲，倒還是第一次遇見他這樣的男人。」

老頭子擠了擠眼，道：「你已活了六十多歲，我還以爲你只有三十八呢！」

老太婆回手就是一個耳光摑了過去。

老頭子抱起頭來就逃，還大叫道：「老太婆揍你的時候，你就要躲得愈遠愈好。」

兩人一個打，一個逃，眨眼間，兩個人全都不知去向了。

楚留香還是在微笑，連一點追上去的意思都沒有。

他最大的好處，也許就是常常能在最要緊的時候放人家一馬。他身子剛由樹上輕飄飄的落下來，忽然聽見了一種聲音。一種非常奇怪的聲音，從一個非常奇怪的地方傳了出來。

就連他都從未想到這種聲音會從這種地方發出來。

楚留香並不是時常容易吃驚地人，但現在卻真的吃了一驚。

掌聲並不是一種很奇怪的聲音。楚留香雖不是唱戲的，但還是常常能聽別人爲他喝采的掌聲。車底也並不是什麼奇怪的地方。無論大大小小，各式各樣的車子，都有車底。

但此時此刻，這輛騾車的車底下居然會有掌聲傳出來，那就不但奇怪，而且簡直奇怪得要命。

只有人才會鼓掌，車底下既然有掌聲，就一定有人。騾車一路都沒有停過，這人顯然早已藏在車底下。

楚留香雖然吃了一驚，但臉上立刻又露出了微笑。他已猜出這人是誰了。

三　一線曙光

掌聲還未完，笑聲已響起。

掌聲清脆，笑聲更清脆。

一個人隨著笑聲從車底下鑽出來，明朗的笑容，明朗的眼睛。

一個明朗美麗，令人愉快的女人。雖然身上臉上都沾滿了塵土，但看來還是不會令人覺得她有髒兮兮的樣子。

有種女人無論在任何情況下看來，都像是剛摘下的新鮮楊莓，張潔潔就是這種女人。

她拍著手笑道：「楚香帥果然名不虛傳，果然能騙死人不賠命。」

楚留香微笑著，彎腰鞠躬。

張潔潔笑道：「所以無論年紀多大的女人，都千萬不能聽楚香帥的話，從八歲到八十歲的女人都不例外。」

楚留香道：「只有一個人例外。」

張潔潔道：「誰？」

楚留香道：「你。」

張潔潔道：「我？我爲什麼是例外？」

楚留香笑道：「因為你若不騙我，我已經很感激了，怎麼敢騙你？」

張潔潔嘟起嘴，道：「難道我騙過你？……我騙了你什麼？你說！」

楚留香道：「我說不出。」

張潔潔道：「哼，我就知道你說不出。」

楚留香微笑道：「騙了人之後，還能要人說不是，那才真的是本事。」

張潔潔瞪著他，眼圈兒突然紅了，然後眼淚就慢慢地流了下來。

楚留香又有點奇怪了，忍不住道：「你在哭？」

張潔潔咬著牙，恨恨道：「我傷心的時候就要哭，難道這也犯法？」

楚留香道：「你傷心？傷心什麼？」

張潔潔擦了擦眼淚，大聲道：「我看你中了別人的暗算，就馬上躲到車底下，想等機會救你，一路上也不知受了多少罪，吃了多少土，到頭來又落得了什麼？」

她眼淚又開始往下掉，抽抽泣泣的接著道：「你非但連一點感激我的意思都沒有，反而要冷言冷語的來諷刺我，我……我怎麼能不傷心……」

她愈說愈傷心，索性真的哭了出來。

楚留香怔住了。他只知道她是個很會笑的女孩子，從沒有想到她也很會哭。

在楚留香看來，女人的眼淚簡直比蝙蝠公子的暗器還可怕。

無論多厲害的暗器，你至少還能夠躲。女人的眼淚卻連躲都躲不了。

無論多厲害的暗器，最多也只不過能在你身上打出幾個洞來，女人的眼淚卻能將你的心滴碎。

楚留香嘆了口氣，柔聲道：「誰說我不感激你，我感激得要命。」

張潔潔道：「那……你爲什麼不說出來？」

楚留香道：「真正的感激是要藏在心裡的，說出來就沒意思了。」

張潔潔忍不住破涕爲笑，指著楚留香的鼻子，笑道：「那老頭子說的果然不錯，你果然有張專會騙女人的油嘴。」

楚留香道：「莫忘記老頭子也是男人，男人說的話都是靠不住的。」

張潔潔笑道：「他的確是個老狐狸，而且武功也不弱。」

楚留香道：「但卻還比不上那老太婆，所以也就難怪他要怕老婆了。」

張潔潔道：「你是不是也覺得那老太婆的點穴手法很高明？」

楚留香道：「若單以點穴的手法而論，她已可以排在第五名之內。」

張潔潔道：「這麼樣說來，她就應該是個很有名的武林高手？」

楚留香道：「想必是的。」

張潔潔道：「別人都說楚香帥見識最廣，想必早已看出她的來歷了？」

楚留香道：「沒有。」

張潔潔道：「連一點都看不出來……你再仔細想想看？」

楚留香道：「不必想，這夫妻兩人無論是誰都不重要。」

張潔潔道：「爲什麼？」

楚留香道：「因爲他們以後想必已絕不會再來找我的麻煩了。」

張潔潔道：「重要的是什麼呢？」

楚留香道：「重要的是，誰叫他們來的？那人在什麼地方？」

張潔潔道：「你剛才爲什麼不問他們？爲什麼隨隨便便就放他們走了？」

楚留香道：「我若問他們，他們隨隨便便就會告訴我嗎？」

張潔潔道：「不會。」

她想了想，又補充著道：「他們若是很容易就會洩露秘密的人，那人也就不會派他們來對付你了。」

楚留香笑道：「你倒真有點和別的女人不同，你的頭腦很清楚。」

張潔潔扳著臉道：「你是不是又想來拍我的馬屁了？我可不像別人那麼容易上當。」

楚留香嘆道：「你難道一定要我罵你，才認爲我說的是真話？」

張潔潔瞪了他一眼，道：「就算他們能守口如瓶，你也應該有法子讓他們開口的。」

楚留香苦笑道：「這夫妻兩人加起來至少有一百三四十歲，我難道還將他們吊起來拷問麼？」

張潔潔嫣然道：「你雖然並不是什麼好東西，倒還不是這樣的人！」

她忽又嘆了口氣，道：「現在他們既然已走了，看來我只好再陪你回去找我那朋友了。」

楚留香道：「那倒用不著。」

張潔潔瞪大了眼睛，道：「用不著？難道你已有法子找出那個人了？」

她眨了眨眼，又道：「無論如何，至少我總沒有害過你吧？」

楚留香摸了摸鼻子，道：「你的確沒有。」

張潔潔道：「我是女的，你是男的，男女授受不親，這句話你也總該聽過？」

楚留香道：「我的確聽過。」

張潔潔道：「所以你總不能拉住我，一定要我陪著你吧？」

楚留香嘆了口氣，道：「我的確不能。」

張潔潔嫣然道：「既然如此，我就要走了，我可不願意陪著一頭騾子、一個呆子到處亂逛。」

她拍了拍楚留香的肩，又笑道：「等你真的被人害死的時候，莫忘記通知我一聲，我一定會趕去替你燒根香的。」最後一句話說完，她的人已在七八丈外，又回頭向楚留香搖了搖手，然後就突然不見了。

楚留香忽然發現她的輕功很高，這世上假如只有一萬個人，她也許比其他的九千九百九十八個人都高明得多。只有九千九百九十八個，因爲其中還有個楚留香。

但現在就連楚留香都已追不上她了。

楚留香嘆了口氣，喃喃道：「我若真的被人害死了，怎麼能去通知你呢？」

他發現這女孩子說的每句話好像全都是這樣子的，半真半假，似是而非，教別人無論如何都猜不透她的用意。

「她究竟是個怎麼樣的人呢？對我究竟是什麼意思呢？」

若說她有惡意，她又的確沒有害過楚留香，而且多多少少總還向楚留香透露了一點秘密。她躲在車子底下，的確像是在等機會救楚留香的，但若不是她，楚留香又怎會坐上那輛載滿了萵苣的車子？又怎會上那一對老狐狸的當？

楚留香又嘆了口氣，只希望自己莫要真的像她說得那麼倒楣，只希望這頭騾子能幫幫他的忙，乖乖的回家，帶他去見那個人。他實在想問問那個人，為什麼一心要殺他？

果然回了家，回到牠的老家——「源記騾馬號」。

一家很大的騾馬號，裡面有各式各樣的驢子、騾子、馬。

楚留香辛辛苦苦跟著牠走了半天路，好像真為的是要來看看牠的驢爸爸和馬媽媽。

難道張潔潔早就猜到這種結果了？看來一個人若是跟著騾子走，的確不會有什麼結果的。

騾子已搖著尾巴，得意洋洋的去找牠的親戚朋友去了。

楚留香卻只有一個人站在那裡發怔。

過了很久，他才能笑得出來，苦笑著喃喃道：「這騾子一定也是頭母騾子。」

騾馬號斜對面有家酒樓，五福樓。

楚留香坐在樓上靠窗的位置上，喝到第五杯酒的時候，猛然發現自己原來是個呆子。一個不折不扣的呆子。不錯，他現在已知道有個人想殺他，但他總算還是活著的。

「他既然想殺我，我為什麼不等他來殺我呢？我為什麼要辛辛苦苦地找他？」

楚留香喝下第六杯酒，喝得很快，因爲這酒並不是好酒，至少比他藏的酒要差多了。

「連騾子都懂得要回家，我爲什麼還要在外面窮泡呢？」

楚留香決定喝到第十二杯酒的時候就停止。

「先去找小胡，然後回家。」

家裡不但有好酒在等著他，還有很多溫柔可愛的人在等著他。

他決定這一次一定要在家裡多耽一陣子，好好的休息休息，享受享受。他的確有權享受享受了。

石觀音，無花，「水母」陰姬，畫眉鳥，宮南燕，薛衣人，薛寶寶，枯梅大師，蝙蝠公子……

這些人簡直沒有一個是好對付的。

楚留香若不是靠著點運氣幫忙，現在說不定已死了七八次。

他一開始想到以前的事，就不由自主想到了。

「我可以不管別的事情，但總不能看著她爲我而死吧。」

他心裡忽然又有了個陰影。還是那隻手的陰影。

忽然間，一隻手從旁邊伸過來，伸到他面前。

一隻很美麗的手，五指纖纖，柔若無骨，慢慢地提起了楚留香桌上的酒壺。

酒杯已空了。

楚留香沒有抬頭，只是看著酒從壺裡慢慢地流出來，注滿了酒杯。

酒杯又空了。

楚留香還是沒有抬頭。

他已看見了一套水紅色的衫裙，已聞到了一股熟悉的香氣。這已足夠讓他認出來這人是誰了。

艾虹。

楚留香實在沒有想到她還會出現，忽然笑了笑，道：「你已換了雙鞋子。」

手垂了下去，輕輕提起了裙腳，露出了一雙樣子做得很秀氣的繡花鞋，鞋底薄而柔軟。這種薄的鞋底，裡面是絕對藏不下暗器的。

楚留香點點頭，笑道：「很漂亮，這才是女孩子們應該穿的鞋子。」

眼尖的店夥已又擺上了一副杯筷。

楚留香道：「你既然來了，爲什麼不坐下喝兩杯呢？」

艾虹坐了下來。

楚留香這才發現，她臉色變得比上次蒼白了許多，神情看來也變得憂鬱了些，連嘴角上那種俏皮的甜笑都看不見了，老是深鎖著眉尖，彷彿有很重的心事。

少女們就是多愁善感的，誰沒有心事呢？但艾虹看來卻不像是多愁善感的那種女孩子。

楚留香爲她斟了杯酒，笑道：「你是不是還在想著那隻鞋子？鞋子還在桌底下的我那位朋友手裡，我隨時都可以去替你要回來。」

艾虹垂下了頭，彷彿很不安。

楚留香又笑道：「你放心，我那朋友雖然很欣賞你的鞋子，但這次並沒有藏在桌子底下。」

艾虹咬著嘴唇，終於將面前的一杯酒喝了下去。

楚留香用她的筷子挾了塊炸響鈴，送到她面前的醬油碟裡，道：「空著肚子喝酒最容易醉，這裡的菜做得還不錯，你先嚐嚐。」

艾虹忽然抬起頭，凝視著他，一雙美麗的眼睛裡充滿了憂鬱和痛苦。

像她這麼樣的女孩子，本不該如此痛苦的。

楚留香把筷子送到她手上，柔聲道：「你先吃點東西，我再陪你喝酒好不好？」

艾虹忽然輕輕嘆息了一聲，道：「你和女人說話都是這麼溫柔的嗎？」

楚留香笑了笑，道：「那也得看她是個怎麼樣的女人。」

艾虹道：「我是個怎麼樣的女人？」

楚留香沒有回答，只是用鑒賞的目光凝視著她。

這種眼光往往比一百句讚美的話都能令女孩子們開心。

但艾虹的眼圈反而紅了，顯得更傷感，垂首道：「我不是艾青的妹妹。」

楚留香道：「我知道。」

艾虹道：「我騙了你，又想殺你，我根本就是個很壞的女人，你本來用不著對我這麼客氣。」

楚留香微笑道：「以前的事我早就忘了，因爲我知道那絕不是你自己的意思。」

他忽然發現一件很奇怪的事，艾虹的左手一直都藏在衣袖裡，連抬都沒有抬起來過。

艾虹道：「若是我自己的意思呢？」

楚留香柔聲道：「就算是你自己的意思，我也不怪你，像你這麼天真美麗的女孩子，無論做什麼事，別人都可以原諒的。」

他忽然拉起了艾虹的左手。艾虹的臉色立刻變了，變得更蒼白。楚留香的臉色也變了。

袖子裡空著一截，艾虹已少了一隻手。

楚留香現在總算已知道窗台上的那隻手是誰的了。

年輕的女孩子，往往將自己的外貌，看得比性命還重，就算手上有了個傷疤，已是非常痛苦的事，何況少了一隻手呢？

楚留香不但同情，而且也不禁爲她傷感。

他的確早已原諒了她。

她若是躲著他，又被他找著，或者看見他的時候，還是那種覺得男人都是笨蛋的樣子，那情況也許就不同了。

但一個可憐巴巴，滿懷憂鬱的女孩子，自動來找他，替他倒酒，那麼她無論對他做過什麼事，他都絕不會放在心上。

就算他是男人也一樣。

楚留香總是很快就會忘記別人的過錯，卻忘不了任何人的好處，所以，他不但一定活得比較快樂，也一定活得比較長。

心裡沒有仇恨的人，日子總是好過些的。

過了很久，楚留香才輕輕嘆息了一聲，黯然道：「就因爲你沒有殺死我，所以他們才這麼樣對你？」

艾虹垂下頭，什麼都沒有說，眼淚卻已一滴滴落在面前的酒杯裡。

楚留香道：「這件事是誰做的呢？」

艾虹用力咬著嘴唇，彷彿生怕自己說出了心裡的秘密。

楚留香道：「你到現在還不敢說？你爲什麼要如此怕她？」

艾虹的確怕。

她看來不但痛苦，而且恐懼，恐懼得全身都在不停地發抖。

那人不但砍斷了她的一隻手，顯然還隨時都可能要她的命。

楚留香簡直想不出有人能對這麼樣一個年輕的女孩子如此殘忍，但若非爲了他，艾虹也不可能遭遇到這種不幸。

他忽然覺得很憤怒。

楚留香一向很少動怒，因爲怒氣總容易影響人的判斷力，發怒的人總是最容易做錯事。

但他畢竟是人，總有控制不住的時候，何況現在正是他心情不太好，情緒不太穩定的時候。

他早已將回家享受這件事忘了，忽然站起來，道：「你在這裡坐一坐，等著我，我很快就回來的。」

艾虹點點頭，目光溫柔的望著他，彷彿已將他看成自己唯一可以依賴的人。

她這次來，除了要楚留香諒解外，或許也因爲她已感覺到自己的孤獨無助。

楚留香明白她的意思。

所以有件事他非做不可。

騾馬號的夥計總好像多多少少也被傳染了一點騾子脾氣，所以看來總不像做其他生意的那些人那麼和氣。

楚留香剛走進去，就有個樣子並不太友善的夥計迎了上來道：「客官是想來挑匹馬？還是買頭騾子？我們這裡賣的保證都是最好的腳力。」

這句話說得總算還很客氣。

楚留香道：「我只不過想來打聽點消息。」

聽到並不是生意上門，就連客氣都不必客氣了。

夥計冷冷道：「我們這裡只有畜牲的消息，沒有人的消息。」

楚留香笑了笑，道：「我正是想來打聽有關一頭騾子的事。」

夥計冷眼打量著他，總算忍住沒有說難聽的話來。

楚留香道：「剛才有頭沒有人管的騾子跑進來，你看見了沒有？」

夥計道：「怎麼，那騾子難道是你的？」

楚留香道：「不是我的，是你的。」

夥計的臉色這才稍微好看了些，道：「既然是我們的，你還問什麼？」

楚留香道：「但這頭騾子當然已被你們賣出去過一次，我只是想問問是誰買的？」

夥計的手忽然向前一指，道：「你看見了麼，這裡有多少騾子？」

楚留香看見了，後面欄裡的騾子的確很多。

夥計道：「騾子不像人，人有的醜，有的俊，騾子長得全是一樣的，我們一天也不知要賣出多少頭騾子，怎知道那頭騾子是賣給誰的？」

夥計滿臉不耐煩的樣子，顯然已準備結束這次談話了。

楚留香只好使出了他最後的一種武器，也是最厲害的一種。

你就算用這樣東西把別人的頭打出個洞來，那人說不定還要笑瞇瞇的謝謝你——除了銀子外，還有什麼東西能有這麼大的魔力？

夥計的樣子立刻友善多了，笑道：「我再去替你查查看，那騾子身上若是烙了標記，也許就能查出他以前的買主是誰了。」

騾子身上沒有烙標記，全身上下油光水滑，簡直連一根雜毛都沒有。

楚留香嘆了口氣，已準備放棄這條線索了。

但他還是忍不住問了一句：「這頭騾子就是剛才自己從外面跑進來的？」

夥計笑道：「我雖分不出騾子是醜是俊，但一頭騾子是好是壞，我總能看得出來的，像這個騾子，我在半里地外都能認得出來。」

楚留香道：「這頭騾子很不錯？」

夥計道：「非常不錯，一千頭騾子裡，也未必能找得出一頭這麼好的騾子來，所以……」

「所以」下面忽然沒有了，眼睛卻在看著楚留香的手。

楚留香的手一向很少令人失望的。

所以這夥計才又接著說了下去，陪笑道：「像這麼好的牲口，我們通常只賣給老主顧。」

楚留香的眼睛亮了，立刻問道：「你們這裡的老主顧多不多？」

夥計笑道：「這麼大的字號，若沒有十來個老主顧，怎麼撐得住？」

他接著又道：「像萬盛、飛龍、鎮遠這幾家大鏢局就都是我們的老主了，但最大的主顧還得算是『萬福萬壽園』金家。」

楚留香道：「金家的牲口也是從這裡買的？」

夥計道：「每年我們從關外進牲口來，總是讓金家的少爺小姐們來先挑好的……」

楚留香動容道：「這頭騾子是不是金家買去的？你能不能確定？」

夥計點點頭，道：「別家的牲口上一定都烙著標記，爲的是怕牲口走失，但金家財雄勢大，莫說根本沒有人敢動他們的一草一木，就算真的丟了幾頭牲口，他們也根本不在乎。」

楚留香道：「所以只有他們家的牲口身上沒有烙標記，是不是？」

夥計道：「所以我看這頭騾子，八成是他們家丟的了。」

楚留香怔住了。

有些事本是他做夢都不會去想的，但現在卻已想到了。

他這次到這邊來，豈非只有金家的人才知道他的行動？

這件事一開始豈非就是在金家發生的？

何況除了金家外，附近根本就沒有別的人能動用這麼大的力量，指揮這麼多高手，佈下這麼多圈套。

至少楚留香還沒有聽說附近有力量這麼大的人物。

但金家爲什麼要殺楚留香呢？

楚留香非但是金靈芝的朋友，而且還幫過她的忙，救過她的命。

只不過金家的人口實在太多，份子難免複雜，其中也說不定會有楚留香昔日的冤家對頭，連金靈芝都不知道。

可是據金靈芝說，她只將楚留香的行蹤告訴了金老太太一個人，就連她那些兄弟叔伯們，都不知道楚留香這次來拜壽的事。

難道金靈芝在說謊？

難道這件事的主謀會是金太夫人？

楚留香的心亂極了，愈想愈亂，過了很久都不能冷靜下來。

若是被敵人暗算，他永遠都最能保持冷靜。

但被朋友暗算卻是另外一回事了。

那夥計忽然長長嘆了口氣，喃喃道：「想不到光天化日之下，居然有人敢做出這種無法無天的事。」

他像是在自己感慨，又像是說給楚留香聽的。

這裡根本沒有別的人，楚留香不得不問一句：「什麼事？」

夥計道：「綁架。」

楚留香緊皺眉頭道：「綁架？什麼人綁架？綁誰的架？」

夥計嘆道：「幾條彪形大漢綁一個小姑娘的架，光天化日之下居然就把人家從對面那酒樓裡綁出來，架上了馬車，街上這麼多人，竟連一個敢伸手管閒事的都沒有。」

楚留香動容道：「是個什麼樣的小姑娘？」

夥計道：「一個很標緻的小姑娘，穿的好像是一身紅衣裳……」

他還想往下再說，只可惜說話的對象又忽然不見了。

楚留香已衝了過去。

他行動雖快，卻還是慢了一步，既沒有看見那些彪形大漢，也沒有看見那輛馬車，只看見一個賣水果的小販在滿地撿枇杷，嘴裡罵不絕口，還有個小孩望著地上被打碎的油瓶和雞蛋嚎啕大哭。

遠處塵頭揚起，隱隱還可以聽到車輛馬嘶聲。

枇杷和雞蛋想必都是被那輛馬車撞翻的。

對面有個人，正牽著匹馬往騾馬號裡走過來，楚留香順手掏出錠金子，衝過去塞在這人手裡，人已跳上了馬背。

這人還沒有弄清楚是怎麼回事，楚留香已打馬絕塵而去。

他做事一向最講究效率，從不說廢話，從不做拖泥帶水的事。

所以他若真的想要一樣東西，你除了給他之外，簡直沒別的法子。

江湖中人大都懂得如何去選擇馬，因爲大家都知道一匹好馬不但平時能做你很好的伴侶，而且往往能在最危險的時候救你的命。

馬若也能選擇騎馬的人，一定就會選楚留香。

楚留香的騎術並不能算是最高的，他騎馬的時候並不多。

但是他的身子很輕，輕得幾乎可以讓馬感覺不出背上騎著人。

而且他很少用鞭子。

無論對任何有生命的東西，他都不願用暴力。

沒有人比他更痛恨暴力。

所以這雖然並不是匹很好的馬，但現在還是跑得很快。

楚留香輕飄飄的貼在馬背上，本身似已成爲這匹馬的一部份。

是以這匹馬奔跑的時候，簡直就跟沒有騎牠的時候速度一樣。

按理說，以這種速度應當很快就能追上前面的馬車了。

一匹馬拉著輛車子，車上還有好幾個人，無論多快的馬，速度都會比平時慢很多的。

只可惜世上有很多事都不太講理。

楚留香追了半天，非但沒有追上那輛馬車，連馬車揚起的塵土都看不見了。

日色偏西。

大路在這裡分開，前面的路一條向左，一條向右。

楚留香在三岔路口停下。

路旁有樹，最大的一棵樹下，有個賣酒的小攤子。

賣酒的人比買酒的還多。

因爲這時候只有一個人在這裡歇腳喝酒，賣酒的卻是夫妻兩個人，老闆手裡牽著孩子，背上還揹著一個孩子。

丈夫已有四十五歲，太太年紀卻還很年輕。

所以丈夫有點怕太太。

所以丈夫在抱孩子，太太卻只是在一旁坐著。

楚留香一下了馬，老闆娘就站了起來，帶著笑道：「客官可是要喝碗酒，上好的竹葉青。」

她笑得彷彿很甜，長得彷彿還不難看——也許這就是丈夫怕她的最大原因。

楚留香卻連多看她一眼都不敢。

第一，他從沒有看別人太太的習慣。

第二，交了兩天桃花運，他已幾乎送了命，現在只要是女人，他就看著有點害怕。

他故意去看那老闆，道：「好，有酒就來一碗。」

老闆娘道：「切點滷菜怎麼樣？牛肉還是早上才滷的。」

楚留香道：「好，就是牛肉。」

老闆娘道：「半斤？還是一斤？」

楚留香道：「隨便。」

他有很好的習慣——他從不跟任何女人計較爭辯，於是老闆娘笑得更甜，忙著切肉倒酒。的確是竹葉青，但看來卻像是黃泥巴。肉最少已滷了三天。

楚留香還是不計較，更不爭辯。

他本不是來喝酒的。

他還是看看那老闆，道：「剛才有輛馬車走過，你們看見了嗎？」

老闆沒有說話，因爲他知道他老婆喜歡說話，尤其喜歡跟又年輕、又闊氣的客人說話。

他也知道說話的愈多，小帳愈多。

老闆娘道：「這裡每天都有很多輛馬車經過，卻不知客官要找的那輛馬車是什麼樣子？」

這下子倒把楚留香問住了，他根本連那輛車的影子都沒看見。

老闆娘眨眨眼，又道：「剛才倒是有輛馬車奔喪似的趕了過去，就好像家裡剛死了人，趕回去收屍似的，連酒都沒有停下來喝一杯。」

楚留香眼睛亮了，道：「對，就是那輛，卻不知往那條路上去了？」

老闆娘沉吟著，道：「那好像是輛兩匹馬拉的黑漆馬車，好像是往左邊去了……」

她咧嘴一笑，又道：「客官爲什麼不先坐下來喝酒，等我再好好的想想。」

看來這老闆娘拉生意的法子並不是酒和牛肉，而是她的笑。

她這法子一向很不錯。

只可惜這次卻不太靈了，她笑得最甜的時候，楚留香連人帶馬都已到了兩三丈開外，只留了一小塊銀子下來。

他已不想叫任何女人對他的印象太好。

老闆娘咬著嘴唇，恨恨道：「原來又是個奔喪的，趕著去送死麼？」

黃昏，黃昏後。道路愈來愈崎嶇，愈來愈難走，彷彿又進入山區。

天色忽然暗了下來。

林木漸漸茂密，連星光月色都看不見。

楚留香忽然發現自己迷了路，既不知道這裡是什麼地方，也不知道這條路是通到哪裡去的。

更糟的是，上午吃的那點東西早已消化得乾乾淨淨，現在他的肚子空得簡直就像是胡鐵花的口袋。

他並不是挨不得餓，就算兩三天不吃東西，也絕不會倒下去。

他只不過很不喜歡挨餓，他總覺得世上最可怕的兩件事，就是飢餓和寂寞。

子。

現在就算原路退回也來不及了，這條路上唯一有東西的地方，就是三岔路口上那小酒攤

從這裡走回去至少也要一個半時辰。

楚留香嘆了口氣，已開始對那比石頭還硬的滷牛肉懷念起來。

看看四面黑黝黝的樹影，陰森森的山石，聽著遠處涼颼颼的風聲，冷清清的流水聲……

他覺得自己實在倒楣透頂。

但最倒楣的人當然還不是他，艾虹就比他還要倒楣得多。

她已少了一條手，又被人綁架，也不知是誰綁走了她，更不知被綁到什麼地方去了。

還有艾青。

艾青的遭遇也許更悲慘。

楚留香摸了摸鼻子，自己苦笑。

他忽然發現自己也是個「禍水」，對他好的女孩子很少有不倒楣的。

流水聲在風中聽來，就好像是那些女孩子們的哀泣聲。

楚留香輕撫著馬鬃，喃喃道：「看樣子你也累了，不如先去喝口水吧。」

他走到泉水旁，就看到小橋旁那小小人家。

小橋，流水，人家。

這本是幅很美，很有詩意的圖畫。

只可惜楚留香現在連一點詩意都沒有，此刻在他眼中看來，世上最美麗的圖畫也比不上一

碗紅燒肉那麼動人。

低低的竹籬上爬著一架紫藤花，昏黃的窗紙裡還有燈光透出來。

屋頂上炊煙嬝娜，風中除了花的香氣外，好像還有蔥花炒雞蛋的香氣，除了流水聲外，又多了一種聲音。

楚留香肚子叫的聲音。

他下了馬，硬著頭皮去敲門。

應門的是個又瘦又矮的小老頭子，先不開門，只是躲在門後上上下下的打量著楚留香，那眼色就像是一隻受了驚的兔子。

楚留香唱了個肥諾，陪笑道：「在下錯過宿頭，不知是否能在老丈處借宿一宵，明晨一早上路，自當重重酬報。」

這句話，好像是他小時在一個說書先生嘴裡聽到的，此刻居然說得很流利，而且看來彷彿很有效。

他覺得自己的記憶力實在不錯。

這句話果然有效，因為門已開了。

這小老頭其實並不老，只有四十多歲，頭髮都沒有了。

他叫卜擔夫，是個砍柴的樵夫，有時也打幾隻野雞兔子換酒喝。

今天他剛巧打了幾隻兔子，所以晚上在喝酒，他酒喝得慢，菜卻吃得快，所以又叫他的女人炒蛋加菜。

他笑著道：「也許就因爲喝了酒，所以才有膽子去開門，否則三更半夜的，我怎麼肯隨便就把陌生人放進來？」

楚留香只有聽著，只有點頭。

卜擔夫又笑道：「我這裡雖沒有什麼値錢的東西怕被人搶，卻有個漂亮女兒。」

楚留香開始有點笑不出了。

現在他什麼都不怕，就只怕漂亮的女人。

有了人陪酒，就喝得快了些。

酒一喝多，豪氣就來了。

卜擔夫臉已發白，大聲道：「鵑兒，快去把那半隻兔子也拿來下酒。」

裡面的屋子裡就傳來帶著三分埋怨，七分抗議的聲音，道：「那半隻兔子你老人家不是要等到明天晚飯吃的麼？」

卜擔夫笑罵道：「小氣鬼，也不怕客人聽了笑話，快端出來，也不必切了，我們就撕著吃。」

他又搖頭笑道：「我這女兒叫阿鵑，什麼都好，就是沒見過世面，我真擔心她將來嫁不出。」

楚留香連頭都不敢點了，一聽到小姑娘要嫁人的事，他哪裡還敢答腔？

一個布衣粗裙，不著脂粉的少女，已端了個菜碗走出來，低著頭，噘著嘴，重重的把碗往桌上一擱，扭頭就走。

楚留香雖然不敢多看，還是忍不住瞄了一眼。

卜擔夫並沒有吹牛，他的女兒的確是個很漂亮的女孩子，長長的頭髮，大大的眼睛，只不過臉色好像特別蒼白。

害羞的女孩子大多是這樣子的。

她既不敢見人，當然也就見不到陽光。

楚留香轉過頭，才發現卜擔夫也正目光灼灼的看著他，眼睛裡彷彿帶著種不懷好意的微笑，笑問道：「你看我這女兒怎麼樣？」

人家既已問了出來，你想不回答也不行。

楚留香摸了摸鼻子，笑道：「老丈只管放心，令嫒一定能嫁得出去。」

卜擔夫道：「若嫁不出去呢？你娶她？」

楚留香又不敢答腔了，只恨自己爲什麼要多話。

卜擔夫大笑，道：「看來你倒是老實人，不像別的小伙子那麼油嘴滑舌，來，我敬你一杯，這年頭像你這麼老實的小伙子已不多了。」

卜擔夫醉了。

一個人若敢跟楚留香拚酒，想不醉也不行。

「看來你倒是個老實人……這年頭像你這麼老實的小伙子已不多。」

楚留香幾乎忍不住要笑了出來。

他有時被人稱作大俠，有時被人看作強盜，有時被人看作君子，有時被人看作流氓……但被人看作個「老實人」，這倒還是平生第一次。

「他若知道我究竟有多『老實』，一定會嚇得跳起來三丈高。」

楚留香微笑著，躺了下去。

躺在稻草上。

這種人家當然不會有客房，所以他也只好在堆柴的地方將就一夜。無論如何，這地方總有個屋頂，總比睡在露天裡好。

他若知道在這裡會遇到什麼事，寧可睡在陰溝也不願睡在這裡了。

夜已深，四下靜得很。

深山裡那種總帶著幾分凄涼的靜寂，絕不是紅塵中人能想得到的。

雖然有風在吹，吹得樹葉颼颼的響，但也只不過使得這寂靜更平添幾分蕭索之意。

白天經過了那麼多事，在這麼一個又凄涼，又蕭索的晚上，躺在一家陌生人柴房裡的草堆上面。

你叫楚留香怎麼睡得著？

他忽然想起了小時候聽那說書先生說起的故事：「一個年輕的舉人上京趕考，路上錯過宿頭，投宿到深山裡一處人家，年邁的主人慈祥而好客，還有個美麗的女兒。」

「主人看這少年學子年輕有為，就要將女兒嫁給他。他也半推半就，所以當夜就成了親。」

「第二天早上他才發現自己睡在一個墳堆裡，身旁的新娘子已變成一堆枯骨，卻仍將他送的聘禮的玉鐲戴在腕上。」

楚留香一直覺得這故事很有趣，現在忽然覺得不太有趣了。

風還在吹，木葉還在颼颼的響。

如此深山，怎麼會有這麼樣一戶人家？

「明天早上，我醒來時，會不會也是躺在一片墳堆裡？」

當然不會，那只不過是個荒誕不經的故事。

楚留香又笑了，但也不知為了什麼，背脊上還覺得有點涼颼颼的。

幸好卜擔夫沒有勉強要將女兒嫁給他，否則他此刻只怕已要落荒而逃了。

風更大，吹得門「吱吱」發響。

月光從窗外照進來，蒼白得就像是那位阿鵑姑娘的臉。

楚留香悄悄站起來，悄悄推開門，想到院子裡去透透氣。

他一推開門，就看到了這一生永遠也無法忘懷的事。他只希望自己永遠沒有推開過這扇門。

星光朦朧，月色蒼白。

那位阿鵑姑娘正坐在月光下靜靜地梳著頭。

少女們誰不愛美，就算在半夜裡爬起來梳頭，也不能算是件很稀奇的事，更不能算可怕。

但這阿鵑姑娘梳頭的法子卻很特別。

她將自己的頭拿了下來，放在面前的桌子上，一下一下的梳著。

月光照著她蒼白的臉，蒼白的手。頭在桌上。人沒有頭。

楚留香全身冰冷，從手指冷到腳趾。他這一生從來也沒有遇見到那些詭秘，如此可怕的事。

這種事本來只有在最荒誕的故事才會發生的。他做夢也想不到自己會親眼看到。

阿鵑姑娘的頭突然轉了過來——用她的手將她的頭轉了面對著楚留香，冷冰冰的看著楚留香。

「你敢偷看？」

四下沒有別人，這聲音的確是從桌上的人頭嘴裡說出來的。

楚留香膽子一向很大，一向不信邪，無論遇著多可怕的事，他的腿都不會發軟。

但現在他的腿已有點發軟了。他想往後退，剛退了一步，黑暗中突然有條黑影竄了出來。

一條黑狗。這條狗竟竄到桌子上，竟一口咬住了桌上的人頭。

人頭竟已被狗啣走。還在呼叫：「救救我……救救我……」

卜阿鵑已沒有頭。沒有頭的人居然也在哀呼：「還我的頭來……還我的頭！」

四 好夢難成

星光朦朧，月色蒼白。

狗已竄入黑暗中，人頭猶在哀呼：「救救我……救救我……」

沒有頭的人也還在哀呼：「還我的頭來，還我的頭……」

淒厲的呼聲此起彼落。

風在呼號，伴著鬼哭。

無論誰看到這景象，聽到這聲音，縱然不嚇死，也得送掉半條命。

楚留香沒有。

他的人突然箭一般竄了出去，去追那條狗。

「無論你是人是狗，只要在我饑餓時給了我吃的，在我疲倦時給我地方睡覺，我就不能看著你的頭被狗啣走。」

這就是楚留香的原則。

他一向是個堅持自己原則的人。

狗跑得很快，一眨眼就又沒入黑暗中。

「但無論你是人是狗，楚留香若要追你，你就休想跑得了。」

有些人甚至認爲楚香帥的輕功，本就是從地獄中學來的。

掠過竹籬時，他順手抽出了一根竹子。

三五個起落後，那條啣著人頭的狗距離他已不及兩丈。

他手中短竹已飛出，箭一般射在狗身上。

黑狗慘嗥一聲，嘴裡的人頭就掉了下來。

楚留香已掠過去拾起了人頭。

冰冷的人頭，又冷又濕，彷彿在流著冷汗。

楚留香忽然覺得不對了。

「波」的一聲人頭突然被震碎，一股暗赤色濃腥煙從人頭裡射了出來，帶著種無法形容的臭。

楚留香倒下。

無論誰嗅到這股惡臭，都一定會立刻倒下。

夜露很重，大地冰冷而潮濕。

楚留香倒在地上。

遠處隱隱有淒厲的呼聲隨風傳來，也不知是犬吠？還是鬼哭？

突然間，一條人影自黑暗中飄飄盪盪的走了過來。

一條沒有人頭的人影。

沒有頭的人居然也會笑，站在楚留香面前「格格」的笑。

突然間，已被迷倒的楚留香竟從地上跳了起來，一把抓住了這「無頭人」的衣襟。

「嘶」的，衣襟被扯開，露出一個人的頭來。

卜擔夫！

原來他有頭，只不過藏在衣服裡，衣服是用架子架起，若非他的人又瘦又矮，看來當然就不會如此逼真。

那顆被狗啣去的頭呢？

頭是蠟做的，裡面藏著些火藥和引線，引線已燃著，只要能算準時間，就能算準引線的長短。

他時間算得很準。

所以人頭恰巧在楚留香手裡炸開，將迷藥炸得四射飛散。

他什麼都算得很準，卻未算到楚留香還能從地上跳起來。

在這一剎那間，卜擔大臉上的眼睛、鼻子、眉毛、嘴，彷彿都已縮成了一團，就像是被人重重的打了一拳似的。

楚留香卻笑了，微笑著道：「原來你酒量不錯，看來再喝幾杯也不會醉。」

此時此刻，他居然說出這麼樣一句話來，你說絕不絕？

卜擔夫也只有咧開嘴笑笑，身子突然一縮，居然從衣服裡縮下來，就地一滾，已滾出好幾丈。

楚留香不說話，也不動。

卜阿鵑用眼角瞟著他，道：「你不會梳頭？」

楚留香道：「我的手雖老實，卻不笨。」

卜阿鵑道：「你不喜歡替人梳頭？」

楚留香道：「有時喜歡，有時就不喜歡，那得看情形。」

卜阿鵑道：「看什麼情形？」

楚留香道：「看那個人的頭是不是能從脖子上拿下來。」

頭髮光滑柔美，在月光下看來就像是緞子。

楚留香忽然發覺替女孩子梳頭也是種享受——也許被他梳頭的女孩子也覺得是種享受。

他的手很輕——

卜阿鵑的眸子如星光般朦朧，柔聲道：「我很久以前就聽人說過，楚香帥從不會令女人失望，以前我一直不信。」

楚留香道：「現在呢？」

卜阿鵑回眸一笑，道：「現在我相信了。」

楚留香道：「你還聽人說過我什麼？」

卜阿鵑眨著眼，緩緩道：「說你很聰明，就像是隻老狐狸，世上沒有你不懂的事，也沒有人能令你上當。」她嫣然接著道：「這些話現在我也相信。」

楚留香忽然嘆了口氣，苦笑道：「但現在我自己卻已有點懷疑。」

卜阿鵑道：「哦？」

楚留香道：「今天我就看見了一樣我不懂的事。」

卜阿鵑道：「什麼事？」

楚留香道：「那人頭怎麼會說話？」

卜阿鵑笑了，道：「不是人頭在說話，卜擔夫在說話。」

楚留香道：「但我明明看見那人頭說話的。」

卜阿鵑道：「你並沒有真的看見，只不過有那種感覺而已。」

楚留香道：「那種感覺是怎麼來的呢？」

卜阿鵑道：「卜擔夫小時候到天竺去過，從天竺僧人那裡學會了一種很奇怪的功夫。」

楚留香道：「什麼功夫？」

卜阿鵑道：「天竺人將這種功夫叫做『腹語』，那意思就是他能從肚子裡說話，讓你聽不出聲音是從哪裡發出來的。」

楚留香又嘆了口氣道：「看來這世上奇奇怪怪的學問倒真不少，一個人無論如何也學不完。」

卜阿鵑嫣然道：「你現在已經夠令人頭疼的，若全都被你學了去，那還有別人的活路麼？」

楚留香笑笑，忽又問道：「看來卜擔夫並不是你的父親？」

卜阿鶥笑道：「當然不是，否則我怎麼會直接叫他的名字。」
楚留香道：「他是你的什麼人？」
卜阿鶥道：「他是我的老公。」
楚留香拿著梳子的手忽然停住，人也怔住。
卜阿鶥回眸瞟了他一眼，嫣然道：「老公的意思就是丈夫，你不懂？」
楚留香只有苦笑道：「我懂。」
卜阿鶥瞟著他的手，道：「你爲什麼一聽說他是我的老公，手就不動了？」
楚留香道：「只因爲我還沒有習慣替別人的老婆梳頭。」
卜阿鶥笑道：「你慢慢就會習慣的。」
楚留香苦笑道：「我認爲這種習慣還是莫要養成的好。」
卜阿鶥吃吃地笑了起來，道：「你怕他吃醋？」
楚留香道：「嗯。」
卜阿鶥道：「他又沒打過你，追也追不著你，你怕什麼？」
楚留香道：「我不喜歡看到男人吃醋的樣子。」
卜阿鶥眼波流動，道：「他若不吃醋呢？」
楚留香道：「天下還沒有不吃醋的男人，除非是個死人。」
卜阿鶥道：「你想他死？」
楚留香道：「這話是你說的，不是我。」

卜阿鵲道：「嘴裡說不說是一回事，心裡想不想又是另外一回事。」

她似笑非笑地瞅著楚留香，悠然道：「其實只要你願意，他隨時都可能成個死人的。」

楚留香笑了笑，淡淡道：「只可惜我也還沒有養成殺別人老公的習慣。」

卜阿鵲道：「爲了我你也不肯？」

楚留香不回答。

他從不願說讓女孩子受不了的話。

卜阿鵲道：「莫忘了他剛才本想殺了你的。」

楚留香眨眨眼，道：「要殺我的人真是他？」

卜阿鵲忽然輕輕嘆息了一聲，慢慢地站了起來，接過楚留香的梳子。

楚留香道：「你在嘆氣？」

卜阿鵲嘆道：「一個人心裡難受的時候，總是會嘆氣的。」

楚留香道：「你很難受？」

卜阿鵲道：「嗯。」

楚留香道：「爲什麼難受？」

卜阿鵲道：「因爲我本不想你死，但他若不死，你就得死了。」

楚留香道：「哦！」

卜阿鵲道：「你不信？」

楚留香微笑道：「因爲我總覺得，死並不是件很容易的事。」

卜阿鶻悠然道：「但也並不像你想得那麼困難。」

她忽然揚起手裡的梳子，道：「你知道這梳子是什麼做的？」

楚留香道：「木頭。」

卜阿鶻道：「木頭有很多種——據我所知，大概有一百種左右。」

楚留香在聽著。

卜阿鶻道：「這一百種木頭，九十幾種都很普通。」

她又笑了笑道：「普通的意思就是沒有毒，你用那種木頭做的梳子替別人梳頭，要死的確不容易。」

楚留香道：「你的梳子呢？」

卜阿鶻道：「我這梳子的木頭叫『妒夫木』，是屬於很特別的那種。」

楚留香道：「有什麼特別？」

卜阿鶻沒有回答這句話，卻輕撫著自己流雲般的柔髮，忽又問道：「你覺得我頭髮香不香？」

楚留香道：「很香。」

卜阿鶻道：「那只因我頭髮上抹著種香油。」

楚留香目光閃動，問道：「香油是不是也有很多種類？」

卜阿鶻道：「對了，據我所知，香油大概也有一百種左右。」

楚留香道：「其中是不是也有九十幾種都普通，無毒？」

卜阿鵲嫣然道：「你怎麼愈來愈聰明了。」

楚留香笑笑，道：「你頭髮抹的，當然又是比較特別的那種。」

卜阿鵲道：「完全對了。」

楚留香又嘆了口氣，道：「我怎麼看不出有什麼特別呢？」

卜阿鵲道：「我這種香油叫『情人油』，妒夫木一遇著情人油，就會發出一種很特別的毒氣，你替我梳頭的時候，這種毒氣已在不知不覺間沁入你手上的毛孔裡，所以……」

她又輕輕嘆了一聲，慢慢地接著道：「最多再過一盞茶的功夫，你這雙手就會開始腐爛，一直會爛到骨頭裡，一直要將你全身骨頭都爛光爲止。」

楚留香怔住了。

卜阿鵲微笑道：「你說我這種殺人的手法妙不妙？只怕連無所不知的楚香帥都想不到吧？」

楚留香嘆了口氣，苦笑道：「看來這世上奇奇怪怪的殺人法子倒真不少。」

卜阿鵲道：「今天你就遇見了兩種。」

楚留香道：「前兩天我已經遇見了好幾種。」

卜阿鵲道：「你是不是覺得每種都很巧妙？」

楚留香道：「的確巧妙極了。」

他忽然也笑了笑，淡淡地接著道：「雖然都很巧妙，但直到現在我還是好好的活著。」

卜阿鵲悠然道：「只不過是到現在爲止而已，以後呢？」

卜阿鵑道：「當然。」

楚留香果然連一個字都不再多說，掉頭就走。

只見他人影一閃，已遠在六七丈外，再一閃就沒入黑暗裡。

卜阿鵑顯得有點吃驚，彷彿想不到楚留香答覆得這麼痛快。

「楚留香豈非從來不殺人的麼？」

「但願天下絕沒有真不怕死的，他也是人，當然明白自己的性命無論如何總比別人的珍重得多了。」

想到這裡，卜阿鵑就笑了，笑得非常得意。

她一向認為天下的男人都是呆子，要男人上當簡直比刀切豆腐還容易。

直到今天，她才知道原來連楚留香也不例外。

楚留香不但上了當，而且上了連環當。

第一：卜擔夫根本不是她丈夫。

第二：卜擔夫根本不在那瀑布後的山洞裡，現在早已不知溜到哪裡去了。

第三：這梳子本是很普通的木頭做的，她頭上抹的也只不過是種很普通的茉莉花香油。

第四：世上根本就沒有「妒夫木」和「情人油」這種東西，這種稀奇古怪的毒物，也許只有在鬼話故事裡才存在。

第五：她要楚留香到那瀑布後的山洞裡去，只不過是要他去送死，無論誰單獨闖進了那地方，都休想還能活著出來。

「男人好像天生就是要給女人騙的，女人若不騙他，他也許反而會覺得渾身不舒服。」

卜阿鵑開心極了，也得意極了。

她覺得自己不但做功很好，唱功也不差。

男人若是遇見了一個唱作俱佳的女人，簡直只有死路一條。

卜阿鵑披起件比較不透明的衣服，從屋後牽出了楚留香騎來的那匹馬，飄身上馬，打馬而去。

她忽然發覺在月下騎馬原來也很有詩意。

夜已很深，星已漸稀。

月光雖然還是很明亮，卻照得四下景色分外淒涼。

無論如何，一個女人孤單單的走在如此荒涼的山路上，總不是件很愉快的事。也並沒什麼詩意。

卜阿鵑心裡的詩意早已不知飛到哪裡去了，只覺得風吹在身上，冷得很。

「三月的風爲什麼也會這麼冷？」

她緊緊拉起了衣襟，嘴裡開始哼起了小調。

她歌喉本來很不錯的，但現在卻連她自己聽來也不太順耳。

「三月裡來百花香，杜鵑花開在山坡上……」

山坡上沒有杜鵑花，事實上，山坡上連一朵喇叭花都沒有。

轉過一處山坳，連月光都被遮住了，一棵棵黑黝黝的樹木，在風中搖晃著，就像是一個個張牙舞爪的鬼影子。

風吹著木葉，馬蹄踏在石子路上，的答，的答，的答……就好像後面還有匹馬在跟著。

她騎得愈快，後面的聲音也跟得愈快。

她幾乎忘了這本是她自己這馬匹的蹄聲，漸漸她甚至已覺得後面有個人在跟著。

她想回頭看看，又生怕真的看到了鬼。

若是不回頭去看，又不放心。

好容易才壯起膽子，回頭一看——

風在吹，樹影在動，哪有什麼人？

明明沒有人，但她卻偏偏又好像看到了一條人影在她回頭的那一瞬間躲入了樹後，身法快得簡直就好像鬼魅一樣。

「世上哪有身法如此快的人，除非是楚留香。」

計算時間，楚留香現在早已應該進了那山洞，說不定早已被山洞裡那些怪人砍下了腦袋。

「現在他說不定已經變成了個無頭鬼，而且還是個糊塗鬼，連自己爲什麼死的都不知道。」

卜阿鵑又想笑了，但也不知爲了什麼，就是笑不出來。

楚留香活著時已經夠難纏的了，若真變成了鬼，那還得了？

卜阿鵑拚命打馬，只希望快點走完這條山路，快點天亮。

忽然間，風中縹縹緲緲的傳來一陣陣哀呼聲！

「還我的頭來，還我的頭來……」

一陣風吹過，樹上好像搖搖晃晃站著條人影，有手有腿，身子也是完完整整的，就是沒有頭。

卜阿鵑全身的毛髮倒豎了起來，想瞪大眼睛看清楚些。

但她的眼睛一眨，那沒有頭的鬼影子也不見了。

「還我的頭來，還我的頭來——」

哀呼聲還是若有若無，似遠似近的在風中飄動著。

這呼聲本是卜擔夫用來嚇楚留香的，她本來覺得很好玩。

現在，她才發覺這種事一點也不好玩。

她衣裳已被冷汗濕透。

忽然間，黑影又一閃，經馬頭上掠過。

還是那條沒有頭的鬼影子。

這匹馬一聲長嘶，人立而起，卜阿鵑本來可以夾緊馬鞍的。

她騎術本不弱。

但現在她兩條腿卻好像已有點發軟，竟被掀下了馬背，一跤重重的跌在路上，眼前冒出金星。

再看那條鬼影子，又飄到了另一株樹上。

樹林在風中搖晃，這影子也隨著樹枝在搖晃。

除了楚留香外，誰有這麼高的輕功？

卜阿鵑用盡全身力氣，大叫道：「我知道你是楚留香，你究竟是人？還是鬼？」

影子在樹上格格的笑了起來，陰森森的笑著道：「當然是鬼，人怎麼會沒有頭？」

卜阿鵑咬著嘴唇，道：「你……你的頭藏在衣服裡？」

這影子忽然大笑，道：「這次你總算說對了。」

笑聲中，楚留香的頭已從衣服裡鑽了出來。

這證明了一個道理。

有些事發生在別人身上，就是笑話就是鬧劇，若發生在你自己身上，就變成悲劇了。

卜阿鵑的兩條腿忽然不軟了，一跳就跳了起來，用力拍著身上的土，冷笑著道：「你以為你能騙得到我？我早就知道是你了。」

楚留香道：「哦？你既然早已知道了，為什麼會害怕呢？」

卜阿鵑恨恨道：「誰害怕？無論你是人是鬼，我都不怕你。」

楚留香眨眨眼，笑道：「那麼剛才從馬背上摔下來的人是誰呢？」

卜阿鵑大聲道：「人有失手，馬有失蹄，那也沒什麼稀奇。」

楚留香道：「要什麼事才算稀奇？」

卜阿鵑冷笑道：「堂堂的楚香帥居然等在路上裝神扮鬼的嚇女人，那才叫稀奇，以後我若說出來，丟人的不是我，是你。」

楚留香道：「我只看見有人騎著我的馬，還以爲是個偷馬的小賊，怎麼知道是你？」

他笑了笑，忽然道：「你本來豈非應該在家裡等我的？」

卜阿鵑叫了起來，道：「你呢？你本來應該在那山洞裡的，你爲什麼不去？」

楚留香嘆了口氣，道：「這原因說來就很複雜了，你想不想聽？」

卜阿鵑道：「你說。」

楚留香道：「第一，卜擔夫根本不是你老公，他也根本不叫卜擔夫。」

卜阿鵑道：「誰說的？」

楚留香神秘一笑道：「我說的，因爲我忽然想起他是誰了。」

卜阿鵑道：「他是誰？」

楚留香道：「他姓孫，叫不空，人稱『七十一變』，那意思就是說他詭計多端，比起孫悟空來也只不過少了一變，昔年本是下五門的第一高手，近十年來，也不知爲了什麼突然消聲匿跡，今年算來應該已有六十三四了，只因他練的是童子功，所以看來還年輕。」

他一口氣說到這裡，簡直就好像在背家譜似的。

卜阿鵑已聽得怔住了。

楚留香又道：「就因爲他練的是童子功，平生沒有犯淫戒，所以才能活到現在，一個練童子功的人，當然不會娶老婆。」

卜阿鵠狠狠瞪了他一眼，冷笑道：「想不到連他那種人的事，你也這麼清楚，看來你八成也是他一路的。」

楚留香笑道：「莫忘了別人總說我是盜賊中的大元帥，一個做大元帥的人若連自己屬下的來歷都弄不清，還混什麼？豈非也不如去死了算了。」

卜阿鵠眼珠子一轉，冷冷道：「只可惜這位大元帥已眼見要進棺材。」

楚留香淡淡笑道：「只可惜我說了第一，當然還有第二。」

卜阿鵠道：「第二？」

楚留香道：「第二，你那把梳子既不是『妒夫木』，頭上抹的也不是『情人油』。」

卜阿鵠臉上變了變，瞪眼道：「誰說的？」

楚留香笑了笑，道：「我說的，因爲我知道你頭上抹的是京城『袁華齋』的茉莉花油，是這家老店的獨門秘方配製出來的，香味特別清雅，所以要賣八錢銀子一兩，而且只此一家出售，別無分號。」

卜阿鵠眼睛瞪得更大，道：「你怎麼知道的？」

楚留香道：「我聞得出。」

卜阿鵠道：「你鼻子不是不靈麼？」

楚留香笑道：「我鼻子有時不靈，有時候也很靈，那得看情形。」

卜阿鵠道：「看什麼情形？」

楚留香道：「看我聞的是什麼，聞到狗屎、迷藥時，我鼻子當然不靈，聞到漂亮女人身上的脂胭花粉時，我鼻子也許比誰都靈得多。」

卜阿鵑咬緊了牙，恨恨道：「難怪別人說你是個色鬼，看來果然一點也不錯。」

楚留香道：「過獎過獎。」

卜阿鵑道：「你說了第二，是不是還有第三？」

楚留香道：「有。」

他微笑著接道：「第三，我忽然想起住在那山洞裡是什麼人了。」

卜阿鵑眨眨眼道：「是什麼人？」

楚留香道：「是一家姓麻的人，麻煩的麻，無論誰去惹他們，就是在惹麻煩。」

卜阿鵑冷笑道：「真想不到，楚留香居然也有害怕的人。」

楚留香道：「我別的都不怕，就只怕麻煩。」

卜阿鵑冷冷道：「只可惜現在你早已有了麻煩上身了。」

楚留香嘆了口氣，道：「所以現在我只想找出麻煩是哪裡來的。」

卜阿鵑道：「你難道想叫我告訴你？」

楚留香道：「你難道還能不告訴我！」

卜阿鵑道：「不告訴你難道不行？」

楚留香道：「不行。」

卜阿鵑的眼珠子轉了轉，道：「我就偏不告訴你，看你能把我怎麼樣？」

楚留香什麼話也不說，突然攔腰將她抱了起來。

次。」

卜阿鵑失聲道：「你……你敢非禮？」

楚留香露出牙齒來一笑，道：「請莫忘了我是個色鬼。」

卜阿鵑瞪著他看了他半晌，忽然輕輕地嘆了口氣，閉上眼睛道：「好，我就讓你非禮一

楚留香反而怔了怔，道：「你不怕？」

卜阿鵑幽幽道：「我又有什麼法子呢？打也打不過你，跑又跑不過你。」

楚留香道：「你難道不會叫？」

卜阿鵑嘆道：「一個女人家，大喊大叫的成什麼體統，何況三更半夜的，四野無人的，我就算叫，也沒有人聽得見。」

她忽然勾住楚留香的脖子，貼近他耳畔，悄悄道：「你若想非禮我，現在正是好時候，等到天一亮，就沒有情調了。」

半夜三更，四野無人，月光又那麼溫柔，假如有個像卜阿鵑這樣如花似玉的美人，被你抱在懷裡，咬著你的耳朵悄悄對你說這些話。

你怎麼辦？

楚留香真不知怎麼辦。

看他臉上的表情，就好像懷裡抱著的並不是個大美人，而是個燙手的熱山芋。

卜阿鵑一雙手將他摟得更緊，閉著眼睛，在他耳朵輕輕地喘著氣。

她在等。

看來楚留香若想將這熱山芋脫手，還真不容易。

只不過這熱山芋的確很香，香得迷人。

香得就算你剛吃過一頓山珍海味，肚子還漲得要命，也忍不住想咬一口的。

楚留香發覺自己的心也在跳，跳得很厲害。

卜阿鵑媚眼如絲，柔聲道：「你還等什麼？難道你只會動嘴？」

楚留香乾咳了兩聲，道：「君子動口不動手。」

卜阿鵑媚笑道：「但你並不是個君子。」

楚留香嘆了口氣，道：「我的確不是。」

他的確已準備放棄做君子的權利了，誰知就在這時，路旁的暗林中，突然響起了一陣銀鈴般的笑聲。

一個穿著黃衣裳的女孩子，倚在樹上，吃吃地笑個不停。

她笑得不但好聽，而且好看。

她一雙小小的眼睛笑的時候是瞇著的，就好像一雙彎彎的新月。

楚留香幾乎忍不住叫了起來：「張潔潔」。

這女孩子實在太神秘，楚留香永遠也猜不到她什麼時候會在自己面前出現，也猜不到她什麼時候會不見。

卜阿鵑已叫了出來：「你是誰？」

張潔潔笑道：「我也不是誰，只不過是個剛巧路過這裡的人。」

卜阿鵑瞪著眼道：「你想幹什麼？」

張潔潔道：「我什麼都不想幹，他非禮你也好，你被他非禮也好，都和我一點關係都沒有。」

卜阿鵑道：「那麼你就快走。」

張潔潔道：「我也不想走。」

她吃吃地笑著，又道：「你們做你們的，我難道在這裡看看都不行？」

卜阿鵑道：「你憑什麼要看？」

張潔潔道：「我高興。」

天大的道理也說不過「高興」兩個字。

卜阿鵑已經夠不講理的了，想不到偏偏遇見個更不講理的。

楚留香幾乎忍不住要笑了出來。

卜阿鵑的手已鬆開，突然從他懷裡彈了出去，凌空翻了個身，箭一般撲向張潔潔，十指尖尖，在月下閃著光。

她好像恨不得一下子就將張潔潔的臉抓得稀爛。

無論會武功的女孩子也好，不會武功的女孩子也好，一打起架來，就好像總喜歡去抓別人的臉。

女人有時的確和貓一樣，天生就喜歡抓人，天生就喜歡用指甲做武器。

楚留香倒真有點替張潔潔擔心了。

他忽然發現卜阿鵑不但輕功很高，而且出手很快，很毒辣。

他本未想到，像卜阿鵑這樣的女人，會使出這樣毒辣的招式。

「也許女人在對付女人的時候，就會變得比較心狠手辣。」

張潔潔還在吃吃地笑。

眼看卜阿鵑的指甲已將抓到她臉上，她身子才忽然隨著樹幹滑了上去，就像是一隻狸貓，眨眼間就滑到樹梢。

卜阿鵑腳尖點地，也跟著竄了上去。

張潔潔嬌笑著道：「這個女人好兇呀，香哥哥，你還不快來幫我的忙。」

她故意把「香哥哥」三個字叫得又甜蜜，又肉麻。

楚留香聽得全身都起了雞皮疙瘩。

卜阿鵑更聽得火冒三丈高，冷笑道：「這個女人好不要臉，也不怕別人聽了作嘔。」

這句話還沒有說完，她已攻出七招。

張潔潔一面躲避，一面還是在笑著道：「不要臉的人是我？還是你？你爲什麼一定要我的香哥哥非禮你？」

卜阿鵑連話都氣得說不出了，只是鐵青著臉，出奇的招式更毒辣。

張潔潔道：「其實你本來也該學學我的，你若也叫他香哥哥，他也許就會非禮你了。」

卜阿鵑怒道：「放你的屁。」

張潔潔笑道：「好臭。」

她一直在不停地閃避，似已連招架之力都沒有，突然驚呼一聲，轉身就跑，嘴裡還在大叫道：「這女人的爪子好厲害，若真抓破了我的臉，將來叫我怎麼嫁得出去？」

她在前面跑，卜阿鵑就在後面追。

兩個人的輕功都不弱，尤其是張潔潔。

楚留香幾乎從未看過輕功比她更高的女人——連男人都很少。

他本來像是要追過去勸架，但想了想，還是停下了腳步。

兩個女人打架的時候，男人唯一能做的事，就是站在那裡不動，假如能忽然變得又聾又瞎，那更是明智之舉。

風吹著木葉，連她們的聲音都已聽不到。

難道她們兩個人全都溜了？

突然間，黑暗中有個人在低低的唱。

「兩個女人打架去，只有一個能回來……你猜回來的是誰？」

楚留香想也不想，道：「張潔潔。」

果然是張潔潔，她身子一閃，已到了楚留香面前，媚笑道：「乖弟弟，你又叫姐姐幹什麼？」

楚留香嘆了口氣，道：「還是這句老話，你怎麼也說不膩？」

張潔潔笑道：「我非但說不膩，也聽不膩，你就算一天叫我八百聲姐姐，我還是一樣開心。」

她眨了眨眼，忽又問道：「你開心不開心？」

楚留香道：「我有什麼好開心的？」

張潔潔道：「兩個這麼漂亮的女人爲你打架，你難道還不開心？」

楚留香也眨了眨，道：「打死了沒有？」

張潔潔道：「你放心，像那麼一個標標緻緻的小姑娘，我也捨不得打死她的。」

楚留香道：「既然沒有打死，到哪裡去了？」

張潔潔忽然扳起臉，道：「你問這做什麼？是不是還在想她？想非禮她？」

楚留香道：「你以爲我真是那樣的人？」

張潔潔冷笑道：「你難道還是個好人不成？若不是我及時趕到，你們兩個一個非禮來，一個非禮去，現場只怕早已非禮得一蹋糊塗了。」

楚留香又嘆了口氣，苦笑道：「我真佩服你，這些話真虧你怎麼說得出來的？」

張潔潔道：「一個女人吃醋的時候，再難聽的話也一樣說得出來。」

楚留香道：「你吃醋？」

張潔潔瞪眼道：「吃醋又怎麼樣？……吃醋難道犯法？」

她自己也忍不住「噗哧」一聲笑了，道：「其實你就算一定想非禮，也用不著去找她的。」

楚留香摸了摸鼻子，道：「我還能找誰？」

張潔潔眼波流動，悠悠道：「你至少還有一個人能找。」
楚留香道：「這人在哪裡？」
張潔潔咬著嘴唇，道：「遠在天邊，近在眼前。」
楚留香看來就像是忽然變成了一個不折不扣的大笨蛋，眼睛也發了直，東張西望的找了半天，才皺著眉喃喃道：「奇怪我怎麼看不到……」
張潔潔恨恨的瞪著他，忽然一個耳光摑了過去。
她出手實在快，快得令人躲不了。
但這次她卻失手了，她的手已被楚留香捉住。
楚留香道：「你若真的想打我，出手就應該再快一點。」
張潔潔似笑非笑用眼角瞟著他，淡淡道：「你以爲我真打不到你？你以爲你真能抓我的手？」
楚留香道：「這難道不是你的手？」
張潔潔忽然也嘆了口氣，道：「呆子，你難道看不出這是我故意讓你抓住的？」
楚留香道：「故意？爲什麼？」
張潔潔垂下了頭，輕輕道：「因爲我喜歡你拉著我的手。」
她的聲音又溫柔，又甜蜜，在這靜靜地晚上，從她這麼樣一個人嘴裡說出來，簡直就像是世上最美麗的歌曲。
楚留香的心也開始溶化了，就像是春風中的冰雪。

就在這時，張潔潔的手突然一翻，扣住了楚留香的腕子，另一隻手立刻隨著閃電般揮出，重重的向楚留香右臉上摑了過去。

她嬌笑著道：「這下子你……你總躲不掉了吧……」這句話並沒有說完。

楚留香的心已溶化，但手卻沒有溶化，也不知道怎麼樣一來，張潔潔揮出來的手又被他捉住。本已扣住他腕子的手也被捉住。

張潔潔只覺得他一雙手好像連半根骨頭都沒有。

楚留香微笑著，淡淡說道：「這下子你還是沒有打著。」

張潔潔惡狠狠的瞪著他，瞪了半天，目中漸漸有了笑意，終於咧嘴一笑，嫣然道：「其實我根本就捨不得打你，你又何必緊張呢？」

這又證明一件事。

老實的女人不一定可愛，可愛的女人不一定老實。

只要你覺得她可愛，無論她說的話是真是假，你都應該相信的。

否則你就不是個聰明的男人，也不是個活得快樂的男人。

楚留香現在並不快樂。

因爲他雖然很想相信張潔潔，卻又實在很難相信。

張潔潔一直在盯著他，忽然道：「看來你好像並不太信任我。」

楚留香笑了笑，道：「我能信任你麼？」

張潔潔道：「我害過你沒有？」

楚留香道：「沒有。」

張潔潔道：「我對你好不好？」

楚留香道：「很好。」

張潔潔道：「我沒有害過你，又對你很好，你爲什麼不信任我？」

楚留香回答不出所問，所以他只有回答道：「我不知道。」

天大的道理也說不過我不知道。

你就算說出一萬種道理來，他還是不知道，你對他還有什麼法子？

張潔潔嘆了口氣，苦笑道：「原來你也是個不講理的人。」

楚留香笑道：「天下不講理的人，本就很多，並不是只有我一個。」

張潔潔眼珠子轉了轉，道：「你是不是覺得我來得很巧？」

楚留香道：「的確很巧。」

張潔潔道：「你想不出我怎麼會找到你的？」

楚留香道：「的確想不出。」

張潔潔道：「好，我就告訴你，這只因我本就一直在暗中盯著你。」

楚留香道：「哦？」

張潔潔道：「我當然也並不知道你往那條路走，幸好有個人告訴了我。」

楚留香道：「誰？」

張潔潔道：「就是三岔路口上那又白又胖的小老闆娘。」

她又在用眼角瞟楚留香，似笑非笑地，冷冷道：「你一定又在奇怪她怎麼還記得你？那只因她對你也很有意思，說你又英俊，又可愛，又有男子氣，唯一的缺點就是出手不太大方，只給了人家兩錢銀子。」

楚留香又嘆了口氣，苦笑道：「她現在已經對我這麼有意思了，我若再給得多些，那怎麼受得了？」

張潔潔冷笑道：「爲什麼受不了？人家白白胖胖的，一臉福像，而且，又會做生意，又會生兒子，你說她有哪點不好？」

楚留香正色道：「其實她還有點最大的好處，你還不知道。」

張潔潔道：「哦？」

楚留香道：「她只賣酒，不賣醋。」

張潔潔道：「這也能算她的好處？」

楚留香道：「她若賣醋，醋罈子豈非早已被你打翻，連老本都要蝕光了？」

星更稀，夜已將盡。

張潔潔不知從哪裡摘了朵小花，忽而啣在嘴裡，忽而戴在耳朵上，忽而又拿在手裡玩，好像忙極了。

她這人就好像永遠都不會停下來的，不但手要動，嘴也要動，整個人不停地在動，沒有事的時候也能找出件事來做做。

若要她閉上嘴，安安份份的坐一會兒，那簡直要她的命。

楚留香愈來愈看不透她了。

有時她看來還像是個什麼事都不懂的小孩子，但有時卻又像是比最老的老狐狸還要機靈。

楚留香嘆了口氣，道：「現在我已知道你是怎麼來的了，可是你來找我幹什麼？」

張潔潔瞪了他一眼，道：「別人都能來找你，我爲什麼不能？」

楚留香道：「別人來找我，那是想來要我的命，你呢？」

張潔潔道：「我不想要你的命，我還想留著你跟我鬥嘴哩。」

楚留香苦笑道：「你來找我，就是爲了要來跟我鬥嘴的？」

張潔潔嫣然道：「我還沒有那麼大的毛病。」

她神色忽然變得很鄭重，正色道：「我來找你，只爲了要告訴你兩件非常重要的消息。」

楚留香道：「什麼消息？」

張潔潔道：「我已經打聽出那老頭子夫妻倆是什麼人了。」

楚留香道：「哦！」

張潔潔道：「你還記不記得那老太婆手裡總是提著樣什麼東西？」

「一桿秤。」

那老太婆就是用秤打她老公的。

楚留香眼睛亮了起來，動容道：「我想起來了，衰公肥婆，秤不離鉈。」

張潔潔笑道：「不錯，那老頭子就是『秤』，老太婆就是『秤鉈』，兩人倒真是名副其實，你簡直再找不出一個人比那老太婆更像秤鉈的了。」

楚留香並沒有笑。

因為他知道這夫妻兩人名字雖可笑，長得也可笑，其實卻是很可怕的人。

張潔潔道：「據說這夫妻兩人，本是嶺南黑道中一等一的高手，而且手下還有股很龐大的惡勢力，只不過十幾年前忽然洗手不幹，從此就再也沒有人知道他們的消息，卻不知道這次怎麼會忽然出現的？」

楚留香道：「想必是有人特地請他們出來殺我。」

張潔潔說道：「你想是誰請他們出來的呢？能請得動這種洗手已久的黑道高手，這種人的面子倒真不小。」

她眼珠子轉動著，忽又接著道：「那匹騾子的主人是誰，我也查出來了。」

楚留香道：「是誰？」

張潔潔道：「金四爺。」

楚留香皺眉道：「金四爺又是何許人也？」

張潔潔道：「金四爺就是金靈芝的四叔，也就是『萬福萬壽園』中最有權威的一個人，你既然去那裡拜過壽，想必總見過這個人的。」

楚留香點點頭，他不但見過這個人，而且印象還很深。

金四爺本就是個很容易讓你留下深刻印象的人。

他身材並不十分高大，但卻極健壯，站在那裡就像是一座山，無論誰都休想能將他扳倒。

楚留香甚至還記得他的相貌——一雙很濃的眉，雙目灼灼有光，留著很整齊的鬍子，就是笑的時候，看來還是很有威嚴。

你隨便怎麼看，他都是個很正派的人。

楚留香沉吟著道：「你的意思是不是說，那夫妻兩人就是他請出來的？要殺我的人也是他？」

張潔潔淡淡道：「我什麼都沒有說，只不過說那匹騾子是他的。」

楚留香道：「你怎麼知道？」

張潔潔笑了笑，道：「我當然有我的法子。」

楚留香道：「什麼法子？」

張潔潔眨著眼，道：「那我就不能告訴你了。」

楚留香道：「爲什麼不能告訴我？」

張潔潔道：「因爲我不高興。」

天終於亮了。

他們終於已走出了山區地界，那匹馬居然還在後面跟著。

有人說，狗和馬都是人類最忠實的朋友，其實牠們只不過都已養成了對人的依賴性而已，寧可做人的奴隸，也不敢去獨立生存。

張潔潔眼珠子轉動著，忽然笑道：「我辛辛苦苦趕來告訴你這些事，你該怎麼謝我呢？」

楚留香道：「我不知道。」

他發現只有用這句話來對付張潔潔最好。

張潔潔笑道：「你不知道我知道。」

楚留香道：「你知道什麼？」

張潔潔道：「我知道你是個小氣鬼，真要你謝我，殺了你也不肯的，但我若要你請我喝杯酒，你總不該拒絕了吧。」

楚留香也笑了，道：「那也得看情形，看你喝得多不多，還得看那地方的酒貴不貴。」

張潔潔嘆了口氣，道：「幸好我知道有個地方，非但酒不貴，而且還有個又白又胖的老闆娘，而且這老闆娘還在一心想著你，看來你就算不給錢都沒關係。」

楚留香忍不住又摸了摸鼻子，苦笑道：「你真要到那地方去？」

張潔潔道：「非去不可，我已去定了。」

還早得很，三岔路口上那個小酒攤卻居然已擺了起來。

早上趕路的人本就比較多。

那愁眉苦臉的老闆正在起火生爐子，弄得一身一臉都是煤煙。

那又白又胖的老闆娘正鐵青著臉在旁邊監督著他，好像滿肚子都是「下床氣」，嚇得她手裡抱著的孩子連哭都不敢哭。

一看到楚留香，她的心花就開了，臉上也堆出了笑容，旁邊牽著她衣角的孩子本已爲了要吃滷蛋挨了頓揍，現在她已先將滷蛋塞到孩子嘴裡，表示她是個很溫柔的女人，很慈祥的母親。

張潔潔用眼角瞟著楚留香，吃吃地笑。

楚留香只有裝作看不見。

等老闆娘去切菜倒酒的時候，張潔潔忽然附在他耳邊，悄悄道：「我實在冤枉了她，她雖然很白，卻一點也不胖。」

楚留香還是聽不到。

張潔潔又道：「你看她的皮膚，嫩得就好像要沁出水來似的，我若是男人，不論她有沒有丈夫都要想法子把她弄到手的。」她愈說愈得意好像還要說下去。

幸好酒菜已端上來了，老闆娘甜甜地笑著道：「今天的牛肉可真是剛滷好的，相公你嚐嚐就知道。」

張潔潔忽然道：「你只請相公嚐，姑娘我呢？」

老闆娘瞪了她一眼，勉強笑道：「相公先嚐過了，姑娘再嚐也不遲。」這句話還未說完，她已扭過了頭，頭還沒有完全扭過去，臉已扳了起來。

張潔潔伸了伸舌頭，做了個鬼臉，悄悄笑道：「原來她看我不順眼，看來我還是走了的好，也免得惹人討厭。」

她拿起杯酒一飲而盡，轉身就走。

楚留香失聲道：「你真的要走？」

張潔潔道：「我說過只喝你一杯酒的，喝多了豈非又要叫你心疼？」

她的人已竄上了楚留香的馬，打馬就走，又吃吃地笑道：「這匹馬先借給我，下次見面時再還給你，你總不至於小氣得連一匹馬都不願借給別人吧！」

這句話說完人和馬都已去遠。

楚留香本來要追的，卻又停了下來。

他實在想不出爲什麼要去追人家的理由。

「我既沒有害過你，又沒有欠你的，你憑什麼要來追我？」

他就算追上去，人家一句話也能把他擋回來。所以楚留香只有看著她去遠，只有在那裡發怔，苦笑。

只聽那老闆娘道：「那位姑娘是不是有點毛病？怎麼說起話來總是瘋瘋癲癲的！」

楚留香嘆了口氣，苦笑道：「她沒有什麼毛病，有毛病的是我。」

老闆娘手裡搖著孩子，臉上帶著春花般的笑容，眼睛瞟著楚留香，輕輕地咬著嘴唇，悄悄道：「那麼你遇見我可真是運氣，我專會治你這種男人的毛病。」

楚留香摸了摸鼻子，忽然站起來。

他已對自己發過誓，只要看見女人對他笑，他就立刻走得遠遠的。

老闆娘好像很吃驚，瞪大了眼睛，道：「相公你連口酒都沒喝，就要去了嗎？」

楚留香扳著臉，道：「這酒是酸的。」

他正想轉身，忽聽老闆娘大聲道：「等一等，我還有樣東西給你。」喝聲中，她忽然將懷裡的孩子朝楚留香拋了過來。孩子「哇」的一聲哭了。楚留香不由自主，已伸手將孩子接住。

就在這時，一旁蹲在地上起火的老闆已箭一般竄了過來。老闆娘身子也已掠起。

她實在一點也不胖，身子輕盈如飛鳥。

楚留香手裡抱著人家的孩子，下面又有張凳子擋住了他的腳。孩子哭得好傷心，他怎麼能將一個正在哭著的嬰兒甩開來？

楚留香當然不是那種人。所以他就倒了霉。

楚留香躺在那裡，看來好像舒服得很。

這張床很軟，枕頭不高也不低，何況旁邊還坐著個笑容如春花般的女人，正在餵他吃東西。

別人看到他現在的樣子，一定會羨慕極了。

只有他自己一點也不羨慕自己，除了嘴還能動，鼻子還能呼吸外，他全身都已攬得像塊死木頭似的，連一點感覺都沒有。

那老闆娘手裡拿著杯酒，慢慢地倒入他嘴裡，媚笑著道：「這酒酸不酸？」

楚留香道：「不酸。」

老闆娘又挾了塊牛肉道：「這牛肉好吃不好吃？」

楚留香道：「好吃。」

老闆娘眼波流動，笑得更甜，道：「我長得漂亮不漂亮？」

楚留香道：「漂亮極了。」

老闆娘咬著嘴唇，道：「有多漂亮？」

楚留香道：「比天仙還漂亮。」

老闆娘道：「比起那瘋瘋癲癲的小丫頭呢？」

楚留香道：「至少比她漂亮三萬八千六百五十七倍多。」

老闆娘道：「有這麼好的酒和牛肉吃，又有這麼漂亮的女人陪著你，你還愁眉苦臉的幹什麼？」

楚留香嘆了口氣道：「因爲我害怕，怕你那愁眉苦臉的老闆回來，把我滷在牛肉鍋裡。」

老闆娘嫣然道：「你放心，他不會回來了。」

楚留香道：「爲什麼？」

老闆娘道：「因爲我那老闆本是借來用用的，現在已用過了，所以就還給了人家。」

楚留香道：「難道連孩子也是借來的？」

老闆娘道：「當然也是借來的。」

她忽然拉開了衣襟，露出一雙堅挺飽滿的胸膛，道：「你看我像是個生過孩子的女人嗎？」

楚留香想閉起眼睛都不行，所以只有笑道：「一點也不像。」

老闆娘微笑道：「你真有眼光，難怪有那麼多女人喜歡你。」

她輕輕撫著楚留香瘦削的臉，柔聲道：「你什麼都好，就只是太瘦了一點，若跟著我，我一定把你養得胖胖的。」

楚留香看著她的胸膛，實在不敢想她要用什麼來養他。

老闆娘眼波流動，忽然又道：「你知不知道現在我要對你怎麼樣？」

楚留香道：「不知道。」

老闆娘媚眼如絲，咬著嘴唇，道：「我要將你當做我的兒子。」

楚留香笑了——你可以說他是在笑，也可以說他是在哭。

有種笑本來就和哭差不多。

他的手若還能動，一定又忍不住要摸鼻子了。

老闆娘看著他的臉上的表情，笑得更開心，道：「你知道天下最愉快的事，就是做人家的兒子。」

楚留香道：「我有個朋友不是這麼樣說的。」

老闆娘道：「他怎麼說？」

楚留香道：「他總是說，天下最愉快的事，就是喝酒。」

老闆娘道：「你的朋友一定比笨豬還笨，要知道喝酒雖然愉快，但頭一天喝得愈愉快，第二天也就愈難受。」

楚留香道：「難受還可以再喝。」

老闆娘道：「愈喝愈難受。」

楚留香道：「愈難受愈喝。」

老闆娘道：「哪有這麼多酒給你喝？」

楚留香道：「去買來喝。」

老闆娘道：「用什麼去買？」

楚留香道：「用錢買。」

老闆娘道：「錢由哪裡來呢？」

楚留香道：「賺錢的法子很多。」

老闆娘道：「賺錢的法子雖然多，但總免不了要費點力氣，花點腦筋，就算你去偷，去搶，也並不是件容易事。」

楚留香只有承認，不費力就可以賺錢的法子，到現在還沒有想出來過。

老闆娘道：「但你先做人家的兒子，就什麼事都不用發愁了，錢來伸手，飯來張口，樣樣東西都有你爹娘去替你拚命賺來，還生怕不合你的意，你想天下哪有比這更愉快的事？」

楚留香嘆了口氣，道：「的確沒有了。」

老闆娘嫣然笑道：「你既然已明白，爲什麼還要擺出愁眉苦臉的樣子，難道從來沒有人要你做他的兒子？」

楚留香苦笑道：「這倒還真是平生第一次。」

他說的是實話。

有人想做他的朋友，有人想做他的情人，也有人將他當做勢不兩立的大對頭。

但想要他做兒子的人，倒還真的連一個都沒有。

他做夢也想不到世上會有這種人。

老闆娘眼波流動，道：「你知不知道我爲什麼要你做我的兒子？」

楚留香道：「不知道。」

老闆娘低下頭，附在他耳畔，輕輕道：「我想餵奶給你吃。」

楚留香苦笑道：「這原因你若不說出來，我一輩子也猜不出來。」

老闆娘咬著嘴唇，道：「你怎麼會猜不出來？每個人到了我這種年紀，都會想要個兒子的。」

楚留香瞪瞪眼，道：「你費了那麼多力氣，爲的就是想要我做你的兒子？」

老闆娘道：「本來不是的。」

楚留香道：「本來你想要的是什麼？」

老闆娘道：「要你的命。」

楚留香道：「是你想要我的命？還是別人？」

老闆娘道：「當然是別人，我跟你又無冤，又無仇，爲什麼要你的命？」

楚留香嘆道：「原來你不是真的老闆娘，也是別人的小夥計。」

老闆娘瞪眼道：「誰說我是別人的小夥計？」

楚留香道：「若不是別人的小夥計，爲什麼要替別人做事？」

老闆娘道：「我只不過是幫他的忙而已。」

楚留香道：「幫誰的忙？」

老闆娘眼珠轉了轉，道：「一個朋友。」

楚留香道：「你肯爲了朋友殺人？殺一個無冤無仇的人？」

他又嘆了口氣，喃喃地道：「我看他一定不是你的朋友，一定是你的老子，有你這麼聰明的女兒倒不錯，連我都想做你的老子了。」

老闆娘板起了臉，道：「我說的話你不信？」

楚留香道：「我沒法子相信。」

老闆娘道：「爲什麼不信？」

楚留香道：「沒有人會替朋友幫這種忙的，殺人並不是件好玩的事。」

老闆娘道：「他並沒有要我殺你。」

楚留香道：「他要你怎麼樣？」

老闆娘道：「他要我把你捉住送到他那裡去，活著送去。」

楚留香目光閃動，道：「你爲什麼不送去？」

老闆娘氣已消了，柔聲道：「我怎麼捨得把你送給別人？」

楚留香道：「但你已答應了別人。」

老闆娘道：「那只因爲我還沒有看見過你，還不知道你長得這麼可愛。」

她伸出手，輕撫著楚留香的臉，柔聲道：「一個女人爲了她喜歡的男人，連親生的爹娘都可以不要，何況朋友？」

她的手又白又嫩，長得也不算難看。

但楚留香想起她切牛肉的樣子，似乎又嗅到了牛肉的味道，簡直恨不得馬上就去洗個澡。牛肉雖然很香、很好吃。

但一個女人的手上若有牛肉味道，那就令人吃不消了。

楚留香嘆了口氣，道：「現在你是不是準備把我留在這裡？」

老闆娘道：「我要留你一輩子。」

楚留香道：「你不怕那朋友來找你算帳？」

老闆娘道：「他不會找到這裡來的。」

楚留香道：「爲什麼？」

老闆娘媚笑道：「這裡是我藏嬌的金屋，誰也不知道我有這麼樣個地方。」

楚留香道：「但是，我們總不能一輩子就耽在這屋子裡。」

老闆娘道：「誰說不能，我就要你一輩子留在這屋子裡，免得被別的女人看見。」

楚留香道：「我若想出去逛逛呢？」

老闆娘道：「你出不去。」

楚留香道：「你……你總不能讓我就這樣一輩子躺在床上吧？」

老闆娘笑道：「爲什麼不能？一個女人爲了她喜歡的男人，是什麼事都做得出的。」

楚留香長長嘆息了一聲，道：「這樣子看來，你是決心不把我送去的了。」

老闆娘嫣然道：「從第一眼看見你的時候，我就已下了這決心。」

她輕輕咬了咬楚留香的鼻子，柔聲道：「只要你乖乖的耽在這裡，包你有吃有喝，比做什麼人的兒子都舒服。」

楚留香怔了一會兒，忽然道：「這裡離你那朋友住的地方遠不遠？」

老闆娘道：「你爲什麼要問？」

楚留香道：「我只怕他萬一找來。」

老闆娘咬著嘴唇道：「他若萬一找來，我就先一刀殺了你。」

楚留香道：「殺了我？爲什麼？」

老闆娘道：「我寧可殺了你，也不能讓你落在別的女人手上。」

楚留香道：「你那朋友是個女人？」

老闆娘道：「嗯。」

楚留香道：「是個什麼樣的女人？長得像個什麼樣子？」

老闆娘瞪眼道：「你最好不要問得太清楚，免得我吃醋。」

楚留香道：「但她千方百計的要殺我，我至少總該知道她是誰吧！」

老闆娘道：「你不必知道，因爲知道了也對你沒好處。」

楚留香道：「你一定不肯告訴我？」

老闆娘眼珠一轉，道：「過一陣子，也許我會告訴你。」

楚留香道：「過多久？」

老闆娘道：「等我高興的時候，也許三天五天，也許一年半年。」

她嬌笑著，又道：「反正你已準備在這裡耽一輩子，還急什麼？」

楚留香又怔了一會兒，喃喃道：「看樣子我留在這裡也沒用了。」

老闆娘道：「你說什麼？」

楚留香道：「我說我已該走了。」

老闆娘笑道：「你走得了嗎？」

楚留香道：「我就試試看。」

忽然間，他一下子就從床上爬了起來。

老闆娘就像是忽然看到個死人復活般，整個人都呆住了。

楚留香微笑道：「看來我好像還能走。」

老闆娘瞪大了眼睛，張大了嘴，吃吃道：「你……你明明已被我點住了穴道！」

楚留香悠然道：「這也許因爲你點穴的功夫還不到家，也許因爲你捨不得下手太重。」

老闆娘道：「原來你……你剛才都是在做戲？」

楚留香笑道：「只有你能做戲，我爲什麼不能？」

老闆娘道：「可是……可是你既然沒有被我制住，爲什麼還要跟我來呢？」

楚留香道：「因爲我喜歡你。」

這次他沒有說實話。

他這麼樣做，只不過是爲了要見見那在暗中主使要殺他的人。

他本已算計這老闆娘會送他去的。

老闆娘咬著嘴唇，道：「你既然喜歡我，現在爲什麼又要走？」

楚留香淡淡道：「因爲你切了牛肉不洗手，我不喜歡手上有牛肉味道的女人。」

老闆娘漲紅了臉，氣得連話都說不出來。

楚留香道：「我也不喜歡赤著腳走路，我的鞋子呢？去替我拿來。」

老闆娘瞪著他，臉上一陣青，一陣紅，終於還是替他拿了雙鞋了來。

楚留香抬起腳，道：「替我穿上。」

老闆娘咬著牙，替他穿上鞋子。

有人說：好漢不吃眼前虧。

這句話其實說得並不對，真正不肯吃眼前虧的，不是好漢，是女人。

楚留香慢慢地從床上跳下來，穿好了衣裳，扯直。

老闆娘忍不住問道：「你既然要走，爲什麼還不快走？」

楚留香笑道：「現在你爲什麼又要趕我走了呢？你怕什麼？」

老闆娘咬著嘴唇不說話。

楚留香道：「你是不是怕我逼你說出那朋友的名字？」

老闆娘又白又嫩的一張臉，已有點發青。

楚留香笑了，道：「你放心，只有最可惡的男人，才會對一個替他穿鞋子的女人用蠻力的，我至少還不是那種男人。」

老闆娘怔了半晌，忽又嫣然一笑，道：「想不到你是個這麼好的男人。」

楚留香道：「我本來就是好人裡面挑出來的。」

老闆娘笑得更甜，道：「現在你若是願意做我兒子，我還是願意收你。」

這次輪到楚留香怔住了。

他忽然發現好人實在做不得，尤其在女人面前做不得。

女人最擅長的本事，就是欺負老實人，欺負好人。

有的女人你對她愈好，她愈想欺負你，你若兇些，她反而老實了。

老闆娘盈盈站起來，好像又準備來摸楚留香的臉。

楚留香這次已決心要給她個教訓了。

誰知就在這時，窗外突然傳來了一片驚呼——七八個男人的驚呼。

接著，就是七八件兵刃落地的聲音。

楚留香立刻箭一般穿出窗子。

外面的庭園很美，很幽靜。

但無論多美的庭園中，若是躺著七八個滿臉流血的大漢，也不會太美了。

掉在地上的也不是兵刃，是七八件製作得很精巧的弩匣。

這種弩匣發出的弩箭，有時甚至比高手發出的暗器還霸道。

這些大漢是哪裡來的？想用弩箭來對付誰？

現在又怎麼忽然被人打在地上了？

是誰下的手？

楚留香蹲下去，提起了一條大漢。

這人滿臉橫肉，無論誰都看得出來他絕不會是個好人。

何況，就算是樣子很好看的人，若是滿臉流血，也不好看了。

血是從他眼下「承泣」穴中流下來的。

所以他不但在流血，還在流淚。

血淚中有銀光閃動，好像是根針，卻比針更細，更小。

再看別人的傷痕，也全都一樣。

慘叫聲也是同時響起的。

顯然這一群人是在同一瞬間被擊倒。

發暗器的人，竟能在同一瞬間，用如此細小的暗器擊倒七個人，而且認穴之準，不差分毫！

楚留香站起來，長長吐出口氣。

暗器手法如此高明的人，世上就只有一個，這人會是誰呢？

他想不出來。

他正準備不再去想的時候，就看到一樣東西從前面大樹的濃蔭中掉下來。

掉下來的是個荔枝的殼子。

楚留香抬起頭，就看到一個穿著黃色輕衫的少女，正坐在濃蔭深處的樹枝上，手裡還提著串荔枝。

他用不著再看她的臉，也已知道她是誰了。

張潔潔。爲什麼這女孩子總好像隨時隨地都會在他面前出現呢？

樹上是不是有黃鶯在輕啼？

不是黃鶯，是張潔潔的笑聲。

她笑聲輕脆，如出谷黃鶯，那雙新月般的眼睛，笑起來的時候，就好像有一抹淡淡的霧，淡淡的雲。

她忽然又在這裡出現了，楚留香應該覺得很意外，很驚奇。奇怪的是，現在他心裡只覺得很歡喜。

無論在什麼時候看到她，他都覺得很驚奇。

張潔潔剛吐出一粒荔枝的核子，甜笑著向楚留香道：「想不想吃顆荔枝？這還是我剛託人從濟南快馬運來的哩。」

楚留香嘆了口氣，道：「你爲什麼不姓楊？」

張潔潔噘起了嘴，嬌嗔道：「難道只有楊貴妃才能吃荔枝，我就不能吃？我哪點比不上她？」

楚留香忍不住笑出了聲，道：「你至少比她苗條一點。」

張潔潔道：「也比她年輕得多。」

她的手一揚，就有樣亮晶晶的東西朝楚留香飛了過來。是顆剝了殼的荔枝。

楚留香沒有伸手，只張開了嘴。

荔枝恰巧落在他嘴裡。

張潔潔吃吃笑道：「好吃不好吃？」

楚留香嘴裡嚼著荔枝，喃喃道：「纖手剝荔枝，難吃也好吃。」

張潔潔瞪瞪眼道：「你不怕這荔枝有毒？」

楚留香道：「不怕。」

他吐出了荔枝的核子，笑道：「就算真的有毒，現在已來不及了，我已經吃了吐不出。」

張潔潔道：「你真的不怕？」

楚留香道：「真的。」

張潔潔道：「你想不想我告訴你一件事？」

楚留香道：「想。」

張潔潔道：「好，那我告訴你，這荔枝不但有毒，而且毒得厲害。」

她笑得更甜更美，一雙穿著繡鞋的小腳在樹上搖盪著，就好像萬綠叢中的一雙火鳥。

她甜笑著，接道：「你不該忘了我也是個女人，更不該忘了你現在還走著要命的桃花運。」

五　花非花　霧非霧

一個人如聽說自己中了毒之後，會有什麼樣的反應呢？

各種人有各種不同的反應。

有的人會嚇得渾身發抖，面無人色，連救命都叫不出。

有的人會立刻跪下來叫救命，求饒命。

有的人會緊張得嘔吐，連隔夜飯都可能吐出來。

有的人一點也不緊張，只是懷疑，冷笑，用話去試探。

有的人連一句話一個字都懶得說，衝過去就動手，不管是真中毒也好，假中毒也好，先把你揍個半死再說別的。

但也有的人竟會完全沒有反應，連一點反應都沒有。

所以你也看不出他到底是相信？還是不信？是恐懼？還是憤怒？

這種人當然最難對付。

楚留香當然是最難對付的那種人。

所以他根本連一點反應都沒有，只不過有點發怔的樣子。

看著張潔潔那雙搖來盪去的腳發怔。

在女人中，張潔潔無疑可算是個非常沉得住氣的女人。

她已等了很久，等著楚留香的反應。

但現在她畢竟還是沉不住氣了。

她忍不住問：「我說的話你聽見了沒有？」

楚留香點點頭，一副心不在焉的樣子。

張潔潔道：「既然聽見了，你想怎麼樣？」

楚留香道：「我正在想……」

張潔潔道：「想什麼？」

楚留香道：「我在想——假如你現在赤著腳，一定更好看得多。」

張潔潔的腳不搖了。

她忽然跳起來，站在樹枝上，忽然又從樹枝上跳下來，站在楚留香面前，瞪著楚留香。

她就算在瞪著別人的時候，那雙眼睛還是彎彎的，小小的，像是一鈎新月。

就算在生氣的時候，眼睛裡還是瀰漫著一層花一般，霧一般的笑意，叫人既不會對她害怕，也不會對她發脾氣。

楚留香現在不看她的腳了。

楚留香在看著她的眼睛——看著她的眼睛發怔。

張潔潔咬著嘴唇，大聲道：「我告訴你，你已中了毒，而且是種很厲害的毒，你卻在想我的腳……你……你……究竟是個人，還是個豬？」

楚留香道：「人。」

他回答輕快極了，然後才接著道：「所以我還想了些別的事。」

張潔潔道：「想什麼？」

楚留香道：「我在想，你的腳是不是也和眼睛一樣漂亮呢？」

他看著她的眼睛，很正經的樣子，接著道：「你知道，眼睛好看的女人，腳並不一定很好看的。」

張潔潔的臉沒有紅。

她並不是那種容易臉紅的女孩子。

她也在看著楚留香的眼睛，一臉很正經的樣子，緩緩的說：「以後我絕不會再問，你是個人？還是個豬了？」

楚留香道：「哦！」

張潔潔道：「因爲我已發覺你不是個人，無論你是個什麼樣的東西，但絕不是個人。」

楚留香道：「哦？」

張潔潔恨恨地道：「天底下絕沒有你這種人，聽說自己中了毒，居然還敢吃人家的豆腐。」

楚留香忽然笑了笑，問道：「你可知道是爲了什麼？」

張潔潔道：「不知道。」

楚留香道：「這只因爲我知道，那荔枝上絕不會有毒。」

張潔潔道：「你知道個屁。」

她冷笑著，又道：「你是不是自己以爲自己對毒藥很內行，無論什麼樣的毒藥，一到你嘴裡你就立刻能感覺得到？」

楚留香道：「不是。」

張潔潔道：「那你憑了什麼敢說那荔枝上絕不會有毒？」

楚留香道：「只憑一點。」

張潔潔道：「哪點？」

楚留香看著她，微笑著道：「也許我什麼都不懂，什麼都不知道，但一個人對我是好是壞，我總是知道的。」

他眼睛好像也多了層雲一般，霧一般的笑意，聲音也變得比雲霧更輕柔。

他慢慢地接著道：「就憑這一點，我就知道那荔枝沒有毒，因爲你絕不會下毒來毒我的。」

張潔潔想板起臉。

可是她的眼睛卻瞇了起來，鼻子也輕輕皺了起來。

世上很少有人能懂得，一個女孩子笑的時候皺鼻子，那樣子有多麼可愛。

假如你也不懂，那麼我勸你，趕快去找個會這樣笑的女孩子，讓她笑給你看看。

荔枝掉了下去。

張潔潔的心輕飄飄的，手也輕飄飄的，好像連荔枝都拿不住了。

她慢慢地垂下了頭，柔聲道：「我真想不到……」

楚留香道：「想不到？」

張潔潔又抬起頭，看著他，道：「我想不到你這人居然還懂得好歹。」

現在她的眼睛既不像花，也不像霧，更不像一彎新月。

因爲世上絕沒有那麼動人的花，那麼可愛的霧，那麼動人的月色。

楚留香走過去，走得很近。

近得幾乎已可聞到她的芬芳的呼吸。

假如有這麼樣一個女孩子，用這麼樣的眼色看著你，你還不走過去，你就一定已斷了兩條腿，而且是斷了兩條腿的呆瞎子。

因爲你假如不瞎又不呆，就算斷了腿，爬也要爬過去的。

楚留香走過去，輕輕托她的下巴，柔情道：「我當然知道，你到這裡來，就是爲了要幫我的忙擊倒這些人，也是爲了救我，若連這點都不知道，我豈非真的是個豬了。」

張潔潔的眼簾慢慢闔起。

她沒有說話，因爲她已不必說話。

當你托起一個女孩子下巴時，她若閉起了眼睛，哪個人都應該懂得她的意思。

楚留香的頭低了下去，嘴唇也低了下去。

但他的唇，並沒有去找她的唇。他湊在她耳畔，輕輕道：「何況我另外還知道一件事。」

張潔潔道：「嗯……」

這次她沒有用眼睛說話，也沒有用嘴。

她用的是鼻子。

女孩子用鼻子說話的時候，往往比用眼睛說話更迷人。

楚留香道：「我知道像你這樣的女孩子，就算要殺我，也會選個比較古怪，而比較特別的法子——是也不是？」

張潔潔開口了。

她開口並不是爲了說話，是爲了咬人。

她一口向楚留香的耳朵上咬了下去。

天下有很多奇怪的事。

人身上能說話的，本來是嘴。

但有經驗的男人都知道，女人用眼睛說話也好，用鼻子說話也好，用手和腿說話也好，都比用嘴說話可愛。

嘴本來是說話的。

但也有很多男人認爲，女人用嘴咬人的時候，也比她用來說話可愛。他倒寧可被她咬一口，也不願聽她說話。

所以聰明的女人都應該懂得一件事——

在男人面前最好少開口說話。

張潔潔沒有咬到。

她張開嘴的時候，就發現楚留香已經從她面前溜開了。

等她張開眼睛，楚留香已掠入了窗子。

他好像還沒有忘記那老闆娘，還想看看她。

但老闆娘卻已看不見他了。

又白又嫩的老闆娘，現在全身都已變成黑紫色，緊緊閉著眼睛，緊緊咬著牙，嘴裡還含著樣東西。

她顯然是被人毒死的。

被什麼毒死的呢？

楚留香想法子拍開她的嘴，就有樣東西從她嘴裡掉了下來。

一顆荔枝。

後面衣袂帶風的聲音在響。

楚留香轉過身，瞪著剛穿入窗子的張潔潔。

張潔潔臉上也帶著吃驚地表情，道：「你瞪著我幹什麼？難道以為是我殺了她？」

楚留香還是瞪著她。

張潔潔冷笑道：「像這種重色輕友的女人，雖然死一個少一個，但我卻沒有殺她——她根本還不值得我動手。」

楚留香忽然嘆了口氣，道：「我知道你沒有殺她，她死的時候，你還在外面跟我說話。」

張潔潔冷冷道：「你明白最好，不明白也沒關係，反正我根本不在乎，連一點都不在乎。」

女孩子說完了氣話，往往只有一個動作——說完了扭頭就走。

這當然是氣話。

楚留香早已準備到了。

張潔潔一扭頭，就看到楚留香還站在她面前。

剛好站在她眼睛前面。

張潔潔卻偏偏有本事不用眼睛看他，冷笑道：「好狗不擋路，你擋住我的路幹什麼？」

楚留香道：「因爲你不在乎，我在乎。」

張潔潔道：「你在乎什麼？」

楚留香道：「在乎你。」

張潔潔眨了眨眼珠子，眼睛裡的冰已漸漸開始在解凍了。

楚留香道：「因爲我知道你是爲我而來的，可是你怎麼會知道我在這裡的呢？你……」

張潔潔忽然打斷了他的話，大聲道：「原來你並不是真的在乎我，只不過懷疑我，懷疑我是不是跟他們串通的，若非如此，就算我死了，你也絕不會在乎。」

這可是氣話。

所以張潔潔說完了後，可立刻扭頭就走。

這次她走得快多了。

她真的要走的時候，連楚留香都攔不住。

楚留香追出去時，已看不見她的人——只看到剛才躺在地上的七八個人。

這七八個人剛才雖然在滿臉流血，但總算還是活著的。

現在他們臉上好像已沒有血了，人卻也死了。

因爲他們的臉，已變成紫黑色的，連血色都已分不清。

楚留香握緊雙拳，臉色也變成紫色的。

那表示他已憤怒到極點。

他痛恨殺人，痛恨暴力。

他也在痛恨自己的疏忽，剛才他本可以將這些人的穴道解開的。

那麼現在這些人也許就不會死了。

現在他覺得這些人簡直就好像死在他自己手上的一樣。

他甚至連手都在發抖。

一隻手從後面伸了過來，霧般輕柔的聲音立刻在他耳畔響起：「你的手好冷。」

楚留香的手真冷，而且還在流著汗。

這樣的手，正需要一個女人將它輕輕握住。

可是他甩脫了她的手。

這也許是楚留香第一次甩脫女人的手。

張潔潔垂下頭，居然沒有生氣，也沒有走，聲音反而更溫柔。

「這些人只不過是最低級的打手，爲了二十兩銀子就可以殺人的，他們死了，你爲什麼這麼難受？」

楚留香突然扭過頭，瞪著她，一字字說道：「不錯，這些人都很卑賤，但你最好不要忘記，他們也是人！」

張潔潔道：「可是……可是人也有很多種，像他們這種人……」

楚留香道：「像他們這種人，死了當然不值得同情，但他們難道沒有他們的親人，他們的妻子，那些人呢？是不是無辜的？」

張潔潔不說話了。

楚留香道：「所以下次你要殺人的時候，就算這人真的該殺，你也最好多想一想，想想那些無辜的，那些要依靠他們生活的人，他們死了後，那些存活者多麼悲慘，心裡會多麼難受？」

張潔潔垂下頭。

她雖然垂下頭，但楚留香還是可以看到她的眼睛。

那雙彷彿永遠都帶著笑意的眼睛裡，現在竟已淚珠盈眶。

沒有淚流下。

只有一層珠光般的淚光。

楚留香是個有原則的人，他尊重有原則的人。

他尊重別人的原則，正如尊重自己的原則一樣。

對女孩子，他當然也有原則。

他絕不和任何女孩子爭辯，絕不傷害任何女孩子的自尊。

他不喜歡板起臉來教訓別人，更不願板起臉來對付女孩子。

因爲他覺得帶著微笑的勸告，遠比板起臉來的教訓有用得多。

可是今天他忽然發現他自己竟違背了自己的原則。

在他說來，這簡直是件不可思議的事。

這是不是因爲他已沒有將她當做一個女孩子？是不是因爲他已將她當做自己一個很知心的朋友，很親近的人？

人，只有在自己最親密的朋友面前，才最容易做出錯事。

因爲只有這種時候，他的心情才會完全放鬆，不但忘了對別人的警戒，也忘了對自己的警戒。

尤其是在自己的情人面前，每個男人都會很容易的就忘去一切，甚至會變成個孩子。

「難道我真的已將她當做我的知己？我的情人？」

「爲什麼我在她面前，總是容易說錯話，做錯事，連判斷都會發生錯誤？」

「我為什麼會這樣做？我對她了解的又有多少？」

楚留香看著張潔潔，看著她的眼睛。

這雙眼睛笑的時候固然可愛，悲哀的時候卻更令人心動。

那就像一鈎彎彎的新月，突然被一抹淡淡的雲霧掩住。

但除了這一點外，楚留香對她所有的一切，幾乎都完全不知道。

「我甚至連她的腳好不好看都不知道。」

楚留香摸了摸鼻子，苦笑著。

他以前也看過她哭。

但那次不同。

那次她的哭，還帶著幾分使氣，幾分撒嬌。

這次楚留香卻看得出她是真的悲哀，真的感動。

他忽然發現這野馬般的女孩子，也有她溫柔善良的一面。

到現在為止，也許他只能知道她這一點。

但這一點已足夠。

楊柳岸。

月光輕柔。

張潔潔挽著楚留香的手，漫步在長而直的堤岸上。

輕濤拍打著長堤，輕得就好像張潔潔的髮絲。

她解開了束髮的緞帶，讓晚風吹亂她的頭髮，吻在楚留香面頰上，脖子上。

髮絲輕柔，輕得就像是堤下的浪濤。

蒼穹清潔，只有明月，沒有別的。

楚留香心裡也沒有別的，只有一點輕輕的，淡淡的。甜甜的惆悵。

人只有在自己感覺最幸福的時候，才會有這種奇異的惆悵。

這又是爲了什麼呢？

張潔潔忽然道：「你知不知道我最喜歡的一句詞是什麼？」

楚留香道：「你說。」

張潔潔道：「你猜？」

楚留香抬起頭，柳絲正在風中輕舞，月色蒼白，長堤蒼白。

輕濤拍奏如絃曲。

楚留香情不自禁，曼聲低吟。

「今宵酒醒何處，楊柳岸，曉風殘月。」

張潔潔的手忽然握緊，人也倚在他肩畔。

她沒有說什麼。她什麼都不必再說。

兩個人若是心意相通，又何必再說別的？

「今宵酒醒何處，楊柳岸，曉風殘月。」

這是何等意境？何等灑脫？又是多麼淒涼？多麼寂寞！

楚留香認得過很多女孩子，他愛過她們，也了解過她們。

但也不知爲了什麼，他只有和張潔潔在一起的時候，才能真正領略到這種意境的滋味。

一個人和自己最知心的人相處時，往往也會感覺到有種淒涼的寂寞。

但那並不是真正的淒涼，真正的寂寞。

那只不過是對人生的一種奇異感覺，一個人只有存在已領受到最美境界時，才會有這種感受。

那種意境也正和「念天地之悠悠，獨愴然而涙下」相同。

那不是悲哀，不是寂寞。

那只是美！

美得令人魂銷，美得令人意消。

一個人若從未領略過這種意境，他的人生才真正是寂寞。

長堤已盡。

無論多長的路，都有走完的時候。

路若已走完，是不是就已到了該分手的時候？

楚留香輕輕嘆了口氣，近乎耳語道：「你是不是又要走了？」

張潔潔垂著頭，咬著嘴唇，道：「你呢？」

楚留香道：「我？……」
張潔潔道：「你總有你該去的地方。」
楚留香道：「我有……每個人都有。」
張潔潔道：「可是你從來沒有問過我，問我是從哪裡來的？問我要到哪裡去？」
楚留香道：「我沒有問過。」
他一向很少問。
因爲他總覺得，那件事若是別人願意說的，根本不必他問。
否則他又何必問？
張潔潔道：「你只問過我，那隻手的主人是誰？人在哪裡？」
楚留香點點頭。
張潔潔道：「可是……可是你今天爲什麼沒有問呢？」
楚留香道：「我既已問過，又何必再問？」
張潔潔道：「你以爲我不會說？」
楚留香苦笑道：「你若願意說，又何必要我問。」
張潔潔道：「那也許只因爲連我自己以前都不知道。」
楚留香笑了笑，淡淡道：「無論如何，我卻已不想再問了。」
張潔潔眨眨眼，道：「爲什麼？」
楚留香道：「我以前在偶然間見到你時，的確是想從你身上打聽出一點消息來的，所以我才問，但是現在……」
張潔潔道：「現在呢？」
楚留香道：「現在……現在我見到你，只不過是想跟你在一起，再也沒有別的。」
張潔潔仰起頭，凝視著他，眼波如醉。她的身子在輕顫。
是爲了這堤上的冷風？還是爲了她心裡的熱情？
她忽然倒在楚留香懷裡。

楊柳岸。
夜已將殘，月已將殘。
張潔潔坐起，輕撫邊鬢的亂髮。
楚留香的胸膛寬闊。
他的胸膛裡究竟能容納下多少愛？多少恨？
張潔潔伏在他胸膛上，良久良久，忽然道：「起來，我帶你到個地方去。」
楚留香道：「哪裡去？」
張潔潔道：「一個好地方。」
楚留香道：「去幹什麼？」
張潔潔道：「去找一個人。」
楚留香道：「找誰？」

張潔潔眼波流動，一個字、一個字的慢慢道：「那隻手的主人！」

女孩子們都很妙，的確很妙。

你若逼著要問她一句話的時候，她就是偏偏不說，死也不說。

你若不問時，她也許反而一定要告訴你。

高牆。

牆高得連紅杏都探不出頭來。明月彷彿就在牆頭。

楚留香道：「你就是要帶我到這裡來？」

張潔潔道：「嗯。」

楚留香道：「這裡是什麼地方？」

張潔潔沒有回答，反而問道：「這道牆你能不能上得去？」

楚留香笑了笑，道：「天下還沒有上不去的牆。」

張潔潔道：「那麼你就上去。」

楚留香道：「然後呢？」

張潔潔道：「然後再跳下去。」

楚留香道：「跳下去之後呢？」

張潔潔道：「牆下面有條小路，是用雨花台的彩石鋪成的。」

楚留香道：「好豪華的路。」

張潔潔道：「你若不敢用腳走，用手也行，無論你怎麼走，走到盡頭，就會看到一片花林，好像是桃花，花林裡有幾間屋子。」

楚留香道：「然後呢？」

張潔潔道：「你走進那屋子，就可以找到你想找的那個人了。」

楚留香道：「就這麼簡單？」

張潔潔道：「就這麼簡單。」

她嫣然一笑，又道：「天下事就是這樣子的，看來愈複雜的事，其實卻往往簡單得很。」

楚留香道：「你至少應該告訴我，這究竟是個什麼樣的地方？那屋子裡究竟是個怎麼樣的人？」

張潔潔道：「你既然很快就會知道，又何必要我說！」

楚留香道：「但你又怎麼會知道的呢！又怎麼會知道那人一定在屋子裡？」

張潔潔不說話了。

楚留香嘆了口氣，苦笑道：「我早就知道，我若要問你，你一定不肯說的。」

張潔潔抬起頭，瞪著他，道：「你是不是也早就知道，你若故意不問，我反而告訴你了！」

楚留香忽然在咳嗽。

張潔潔瞪著他，忽然拉起他的手重重咬了一口，整個人都跳了起來，凌空一個翻身人已在四五丈外。「你簡直不是人，是個豬，死豬，死不要臉的大活豬！」

她罵聲還在楚留香耳裡，人卻已不見了。

高牆，好高的牆。

但天下哪裡還有楚留香上不去的牆？

楚留香站在牆頭，被晚風一吹，人才清醒了些。但心裡卻還是亂糟糟的，也不知是什麼滋味。

張潔潔她究竟是個怎麼樣的女孩子，他實在無法了解。

但現在絕不是想這些事的時候。

楚留香勉強使自己冷靜下來，他知道自己現在若不能冷靜，也許就永遠無法冷靜了。

庭園深沉，雖然有幾點燈光點綴在其間，看來還是一片黑暗。

「上了牆頭，就跳下去。」

但下面究竟是個什麼樣的地方呢？

黑暗中究竟有什麼在等著他？

楚留香不知道，可是他決心要冒險試一試。

他跳了下去！

六 斷魂夜 斷腸人

一個人若要往上爬，就得要吃苦，要流汗。可是等他爬上去之後，就會發覺他無論吃多少苦，無論流多少汗，都是值得的。

若要往下跳，就容易多了。

無論從哪裡往下跳都很容易，而且往下墜落時那種感覺，通常都帶著種罪惡的愉快。

直到他落下去之後，他才會後悔。

因爲下面很可能是個泥沼，是個陷阱，甚至是個火坑。

那時他非但要吃更多苦，流更多汗，有時甚至要流血！

楚留香從高牆上跳了下去。他並沒有流血，卻已開始後悔。

剛才在高牆上，他本已將這地方的環境，看得很清楚。

現在他才發覺自己到了個完全陌生的地方。

剛才他可以看得很遠，這園子裡每一叢花，每一棵樹，本都在他眼下。

但現在他卻忽然發現，剛才看起來很瘦小的花木都比他的人高些，幾乎已完全擋住了他視線。

假如有個人就站在他前面的花樹後，他都未必能看得見。

一個人在高處時，總是比較看得遠些，看得清楚些，但一等到他開始往下落時，他就往往會變得什麼都看不清了。

這或許也正是他往下落的原因。

「花林中的小軒，人就在那裡。」

楚留香總算還記住了那方向，現在他的人既已到了這裡，就只有往那方向去走。

只有先走一步，算一步。

因爲他根本無法預料到這件事的結果，對這件事應有的發展和變化，他都完全不能控制。

「這裡究竟是什麼地方？」

「那個人究竟是誰？」

他連一點邊都猜不出來。

晚風中帶著幽雅的花香，楚留香摸了摸鼻子，忽然覺得自己很可笑。

他本不是如此魯莽，如此大意的人，怎麼會做出這種事來呢？

是不是他太信任張潔潔了？

可是他爲什麼要如此信任一個女人呢？

這連他自己也不知道。

張潔潔根本就沒有做過一件能值得他完全信任的事情。

庭園深深。

風吹在木葉上，簌簌的響，襯得山下更幽靜，更神秘。

楚留香雖覺得這件事做得很可笑，但心裡同時也覺得有種神秘的緊張和刺激。

就如同像一個人突然接到份神秘的禮物，正要打開它看的時候。

他既不知道這禮物是誰送來的，也猜不出送來的是什麼。

所以他非打開來看看不可。

那裡面很可能是條殺人的毒蛇，也很可能是件他最希望能得到的東西。

這種事雖然冒險，但也的確是種新奇的刺激。

楚留香本就是個喜歡冒險的人。

是不是因爲張潔潔已經很了解他，所以才故意用這種法子令他上當呢？

花林中的確有幾間精緻的小軒。

小軒在九曲橋上。

青石橋在夜色中看來，晶瑩如玉。

窗子裡還有燈，燈光是紫紅色的。

屋裡的人是不是已算準了楚留香要來，所以在如此深夜裡，還在等著他？

在等著他的，難道又是個女人？

楚留香還不能確定。

現在他只能確定，這橋上絕對沒有埋伏，也沒有陷阱。

所以他走了上去。

直走到門外，他才停下來。

他本不必停下來。

既已到了這裡，到了這種情況，是本可一腳踢開門闖進去。

或許先一腳踢開這扇門，再踢開另一扇窗子然後闖進去。

或許先用指甲蘸些口水，在窗紙上點破個月牙小洞，看看屋子裡的情形。

別的人在這種情況下，都會用這幾種法子的。

但楚留香不是別的人。

楚留香做事有他自己獨特的法子。

他雖然也偷，偷各種東西，甚至偷香，但他用的卻是最光明、最君子的那種偷法。

所以他去偷一個人的東西時，往往也同時會偷到那個人的心。

房門是掩著的。

楚留香居然輕輕敲了敲門，就像一個君子去拜訪他朋友般敲了敲門。

沒有人回應。

楚留香再想敲門的時候，門卻忽然開了。

他立刻看到了一張絕美的臉。

女人的美也有很多種。

張潔潔的美是明朗的、生動的，艾青的美是成熟的、撩人的。

這女人卻不同。

她也許沒有張潔潔那麼可愛，也沒有艾青那種撩人的風韻。但卻美得更優雅、更高貴。

張潔潔她們的美若是熱的，這女人的美就是冷的。

冷得像冬夜中的寒月，冷得像寒月下的梅花。

連她的目光都是冷漠的，彷彿無論遇到任何事情時，都不會吃驚。

所以她看到楚留香時也沒有吃驚，只是冷冷淡淡地打量了他兩眼。

這種眼色居然看到楚留香覺得很不安，甚至已好像有點臉紅。

無論如何，半夜三更來敲一個陌生女孩子的門，總不是件很有面子的事。

他正想找幾句比較聰明些的話來說說，替自己找個下台階的機會。

誰知她卻已轉身走了進去。

屋子裡當然佈置得很精雅，大理石面的梨花几旁，只有兩張椅子。

到這裡等的客人顯然並不多。

她慢慢地坐下來，忽然向另一張椅擺了擺手道：「請坐。」

這邀請不但來得突然，而且奇怪。

一個像她這樣的女孩子，怎麼會隨隨便便就邀請一個半夜三更來敲她房門的陌生男人，到她閨房裡坐下來呢？

難道她早已知道來的這個人是誰？

楚留香雖然已坐了下來，卻還是覺得有些侷促，有些不安。

他實在沒有理由就這樣闖進一個陌生女孩子的房裡來的。

假如這少女並不是他要找的人，和這件事並沒有關係，就算別人不說他，他自己也覺得很丟人。

他忍不住又摸了摸鼻子。

在他心裡不安的時候，除了摸鼻子之外，好像就沒有別的事可做。連一雙手都不知應該放在哪裡才好。

然後他就看到了她的手伸過來，手裡端著杯茶。

碧綠色的翡翠杯，碧綠的茶，襯得她的手更白，白而晶瑩，彷彿透明的玉。

她忽然淡淡地笑了笑，道：「這杯茶我剛喝過，你嫌不嫌髒？」

沒有人會嫌她髒。

她清淨得就像是朵剛出水的白蓮。

但這邀請卻來得更突然，更奇怪。

一個像她這樣的女孩子，怎麼會隨隨便便就請一個陌生男人喝她自己喝過的茶呢？

楚留香看看她，終於也笑了笑，道：「多謝。」

他接過了這杯茶。

他忽然發現她的美不但優雅高貴，而且還帶著某種說不出的神秘氣質，彷彿對任何事，都看得很淡，很隨便。

她請楚留香喝的這杯茶，並不是種很親密的動作，只不過因爲她根本覺得這種事情無所謂，根本就不在乎。

她甚至好像根本就沒有將楚留香放在心上。

楚留香被女人恨過，也被女人愛過，卻從未受過女人如此冷淡過。

冷淡得簡直已接近輕蔑。

這種感覺雖令他覺得很惱火，但對他說來，卻也無疑是種很新奇的經驗。

新奇就是刺激。

也不知爲了什麼，他忽然有了種得征服這個女人的慾望。

也許每個男人看到這種女人時，都難免會有這種慾望。

楚留香將這杯茶喝了下去——因爲他也一定要作出滿不在乎的樣子。

對任何事都不在乎的樣子。

何況他早已確定這杯茶裡絕沒有毒。

他對任何毒藥都有種神秘而靈敏的反應，就好像一隻久經訓練的獵犬，總能嗅得出狐狸在哪裡一樣。

她冷冷淡淡地看著他，忽又道：「這兒只有一個茶杯，因爲從來都沒有客人來過。」

楚留香的回答也很冷淡。

「我也不能算你的客人。」

「但你卻是來找我的。」

「也許是。」

「也許？」

楚留香笑得也很冷淡：「現在我只能這樣說，因爲我還不知道你是不是我要找的人。」

「你要找的是誰？」

「有個人好像一定要我死。」

「所以你也想要他死？」

楚留香又淡淡地笑了笑：「自己不想死的人，通常也不想要別人死。」

這句話的另一方面也同樣正確。

「你若想殺人，就得準備著被殺！」

她還在看著楚留香，美麗而冷淡的眼睛裡，忽然露出很奇怪的表情！

「你想要的是什麼？」

「我只想知道一件事。」

「什麼事？」

「這個人是誰，爲什麼要殺我？」

她忽然站起來，走向窗下，推開窗子，讓晚風吹亂她的髮絲。

過了很久之後，她好像才下了決心。

忽然道：「你要找的人就是我！」

窗外夜色淒清，窗下的人白衣如雪。

她背著楚留香，並沒有回過頭，腰肢在輕衣中不勝一握。
這麼樣一個人，居然會是個陰險惡毒的兇手？楚留香不能相信，卻又不能不信。
沒有人願意承認自己是兇手，除非他真的是兇手，而且已到了不能不承認的時候。
楚留香看著她的背影，還是忍不住要問：「真的是你要殺我？」
「嗯。」
「那些人都是你找來殺我的？」
「是。」
「你認得我？」
「不認得。」
「不認得爲什麼要殺我？」
沒有答覆。
「艾青呢？她們姐妹是不是被你綁走的？她們的人在哪裡？」
楚留香嘆了口氣，冷冷道：「你難道一定要我逼你，你才肯開口？」
還是沒有答覆。
她忽然轉過身，盯著楚留香。
她眼睛裡的表情更奇怪，好像在看著楚留香，又好像什麼都沒有看見。
又過了很久，她才一字字慢慢地說道：「你要問的話，我都可以說出來。」
楚留香道：「你爲什麼不說？」

她的聲音更低，道：「在這裡我不能說。」

楚留香道：「要在什麼地方你才能說？」

她的聲音已低如耳語，只說了兩個字：「床上。」

屋角裡有扇門。

輕簾被風吹起來的時候，就可以看到屋裡的一張床。

床前低垂著珍珠羅帳。

她已走進去，走入羅帳裡。

她的人如在霧裡。

「床上，你若想睡，就跟我上床。」

楚留香做夢也想不到會從她這麼樣一個女孩子嘴裡，聽到這種話。

這實在不能算是句很優雅的話。當然更不高貴。

無論是一個什麼樣的女孩子，在你面前說出這種話，你就算很愉快，也同樣會覺得這女人很低賤。

可是她，卻不同。

她在楚留香面前說這句話的時候，楚留香既沒有覺得很愉快，也並沒有覺得她是個很低賤的女人。

因爲她對你這麼樣，並沒有表示出她喜歡你，也沒有表示出她要你。

她只不過要你這麼樣做。

因爲她對這種事根本看得很淡，根本不在乎。

也許她並不是真的這樣，但無論如何，她的確已使楚留香有了這種感覺。

這種感覺通常都會令人心裡很不舒服。

雪白的衣服已褪下，她的胴體卻更白，白而晶瑩。

那已不是凡俗的美，已美得聖潔，美得接近神。

你也許日日夜夜都在幻想著這麼一個女人，但我可以保證，你就算在幻想中，也絕不會真的奢望能得到這麼樣一個女人。

因爲那本不是凡人所能接近，所能得到的。

你可以去幻想她，去崇拜她，但你卻絕不敢去冒瀆她。

假如現在偏偏就有這麼樣一個女人在等著你，你也知道自己一定可以得到她，而且不費吹灰之力，你心裡會怎麼想？

楚留香好像什麼都沒有想。

在這種時候，一兩動作比一噸思想都有用。

他慢慢地走過去，掀起了羅帳。

屋裡也有燈。

屋內的燈光忽然滿灑在她身上。

她身上如緞子般地發著光，眼睛裡也發出了光，可是她並沒有看楚留香。

她目光彷彿還停在某一處非常遙遠的地方。

楚留香卻在看著她，似已不能不看她。

她當然知道他在看她，卻還是靜靜地站在那裡，沒有動，也沒有說話。

她還是不在乎。

她要你這麼做，可是她自己卻不在乎——她既沒挑逗你，更沒有引誘你，只不過要你這樣做。

她簡直冷得可怕。

但最冷的冰也正如火焰一樣，你去摸它時，也同時會有種被火焰灼燒的感覺。

楚留香心裡也似已有股火焰燃起。

若是別的男人，現在一定用力揪住她的頭髮，將她拉在自己懷裡，讓她知道你是個男人。讓她知道你才是真正的強者。但楚留香卻只不過輕輕拉起了她的手。

她的手纖秀美麗，十指尖尖，手心柔軟得如同嬰兒的臉。

嬰兒的臉總是蘋果色的，她手心也正是這種顏色。

甚至連楚留香都沒有看過如此美麗的手。

因爲他看過的女人，手裡就算沒有握過刀劍，也一定發過暗器。

就算最小心的女人，練過武功之後，手上都難免留下些瑕疵。這雙手卻是完美無瑕的。

楚留香低下頭，目光沿著她柔和的曲線滑下去，停留在她足踝上。

人。

她的足踝也同樣纖秀而美麗。

就算最小心的女人，練過武之後，足踝也難免會變得粗些。她顯然絕不是個練過武的女人。

楚留香輕輕吐出口氣，慢慢地抬起頭。忽然發現她已在看著他。眼睛裡彷彿帶有種冷淡譏諷的笑意，淡淡道：「你好像很懂得看女人。」

他的確懂得。

有經驗的男人看女人，通常都先從手腳看起。但這絕不是君子的看法。

她又笑了笑，淡淡道：「現在你是否已滿意？」

就算是最會挑剔的男人，也絕不會對她不滿意的。所以楚留香根本用不著回答。

她還在淡淡地笑著，目光卻似又回到遠方，過了很久，才輕輕道：「抱我到床上去。」

楚留香抱起了她。床並不太大，卻很柔軟。雪白的床單好像剛換過，連一點皺紋都沒有。

無論對哪種男人來說，這張床也絕沒有什麼可以挑剔的地方。理想的女人，理想的床。

在這種情況下，男人還能有什麼拒絕的理由呢？楚留香抱起了她，輕輕放在床上。

她已在等著，已準備接受。

楚留香只要去得到就行，完全沒有什麼值得煩惱擔心的。因爲這件事根本沒有勉強。

屋子裡沒有別的人，她絕不會武功，床上也絕沒有陷阱。

只要他得到她，就可以知道他最想知道的秘密。

這種好事到哪裡找去？他還在等什麼？爲什麼他還站在那裡不動，看起來反而比剛才更冷靜？

難道他又看出一些別人看不到的事？

她等了很久，才轉過臉，看著他，淡淡道：「你不想知道那些事？」

楚留香道：「我想。」

她又問：「你不想要我？」

楚留香道：「我想。」

她目中終於露出了笑意，道：「既然你想，爲什麼還不來？」

楚留香終於長長嘆了口氣，一字字道：「是誰要你這麼做的，你爲什麼要……」

這句話還沒有說完，突聽「噹」的一聲，就好像有面銅鑼被人自高處重重的摔在地上。

接著，就是一個女人的呼聲！

「捉賊，快來捉賊！這裡有個采花賊。」

只叫了兩聲就停止。然後四面又是一片寂靜，叫聲好像沒有人聽見。

楚留香並沒有往外衝，甚至連一點這種意思他都沒有。他目光甚至沒有離開過她的臉。

她臉上也完全沒有絲毫的驚異的表情，什麼樣的表情都沒有。

這世上好像根本就沒有什麼值得她關心的事。過了很久，她忽然問了句很奇怪的話。

她看著楚留香，忽然問道：「你是個君子？不是個聰明人？」

楚留香道：「兩樣都不是。」

她又問：「你是什麼？」

楚留香笑了笑，道：「也許我只不過是個傻子。」

她忽然也笑了笑道：「也許你根本就不是個人。」

直到這時，她目中才真的有了笑意。但那也是種很縹緲，很難捉摸的笑意，就連笑的時候，她心裡都有種說不出的幽怨和辛酸。楚留香看著她，忽然也問了句很奇怪的話。

他忽問道：「你知不知道我本來以爲你一定會失望的？」

沉默了很久，她才慢慢地點了點頭，幽幽道：「我知道，就連我自己，都以爲我一定會很失望的。」

楚留香道：「但現在你好像並不覺得失望。」

她想了想，淡淡道：「那也許只因爲我從來都沒有真的那麼樣的盼望過。」

楚留香道：「你盼望過什麼？」

她又笑了笑，一字字道：「什麼都沒有，現在我已經很滿足。」

她真的已很滿足？

楚留香似乎還想再問，但看到她那雙充滿了寂寞和幽怨的眸子，心裡忽然也覺得有種說不出的酸楚。

他不忍再問，就悄悄的轉過身，悄悄的走了出去。可是他本來想問的究竟是什麼呢？

她又有什麼令人不能問，不忍問的秘密和隱痛？楚留香認爲她盼望的是什麼？失望的又是什麼？

她究竟是不是這件事的主謀？這些問題有誰能答覆？

楚留香悄悄的走了，她在看著。外面的燈光不知何時已熄滅。

她看著楚留香的身影慢慢地消失——然後她所能看到的就只有一片黑暗！

絕望的黑暗。她目中忽然湧出一串珍珠般的淚珠。珠淚沾濕了枕頭——

七　九曲橋上

窗子雖然是開著的。

但卻看不見窗外的星光月色。

楚留香木立在黑暗中。

他悄悄的來，現在又悄悄的走。

既沒有留下什麼，也沒有帶走什麼。

可是他臉上的表情為什麼如此痛苦？他為什麼痛苦？為誰痛苦？

來的時候他只敲了敲門，就這樣簡單的進來了。

走的時候他連一聲「珍重」都沒有說，就這樣簡簡單單的走了。

在這裡他雖沒有得到什麼，卻也沒有失去什麼。

在他充滿了傳奇和危險的一生中，這好像只不過是個很平淡的插曲，既不值得回憶，更不值得向人們訴說。但他自己卻知道，這件事是他畢生難以忘懷的。

因為他從來也沒有如此接近死亡過。

「只有看不見的危險，才是最可怕的！」

他是不是真的已看出了危險在哪裡？他究竟看出了什麼？

這也只有他自己才知道，只可惜他也許永遠也不會說了。

夜更靜寂。

剛才那一聲鑼響，和那一聲大叫，彷彿根本沒有驚動任何人。

難道這裡的人都是聾子？

難道這裡根本就沒有別的人？

至少總應該有一個——那大叫的女人。

爲什麼她只叫了一聲？

她從哪裡來的？爲什麼又忽然走了？

她是誰？

這些問題也許連楚留香都無法答覆。

有風吹過的時候，他彷彿聽到屋子裡傳出一陣輕輕地啜泣聲。

他想回頭，卻又忍住。

因爲他知道，既不能安慰她，也不能分擔她的悲哀和痛苦——除了同情外，他什麼都不能做。

他只有狠下心來，趕快走，趕快將這件事結束。

他這一生也從未如此狠心過。

剛才來的時候，他本覺得自己很可笑，現在卻覺得自己很可惡。

又有風吹過，他忽然推門走了出去。

他怔住。

花園裡很靜，一點聲音都沒有，但卻有人。

一長排人，就像是一長排樹，靜靜地等在黑暗中，動也不動。

楚留香看不見他們的臉，也看不出他們究竟有多少人，只看見了他們的弓，他們的刀。

弓已上弦，刀已出鞘。

屋子在橋上，橋在荷塘間。他們已將這花林中的荷塘完全包圍住。

但他們來的時候，卻連一點聲音都沒有。這麼多人的腳步聲，居然能瞞過楚留香。

楚留香只有苦笑。

當時他的思想確實太亂，想的事確實太多。

這些人的腳步聲也實在太輕，只有經過最嚴格訓練的人，才會有這麼樣的腳步聲，才能在無聲無息中將弓上弦，刀出鞘。

但真正可怕的並不是他們。

可怕的是那個訓練他們的人！

就在這時，九曲橋頭上，忽然有兩隻燃燒著的火把高高舉起。

在黑暗中突然亮起的火光，總是令人眩目的。

眩目的火光，點亮了一個人的臉。

楚留香總算看見了這個人，看清了這個人。

此刻他最不願看見的，也正是這個人。

在萬福萬壽園最有權威的人，幾乎就已可算是江南武林中最有權威的人。

這個人並不是金老太太，她已剛剛成爲一種福壽雙全的象徵，已剛剛成爲很多人的偶像。

真正掌握著權威的人是金四爺。

他一隻手掌握著億萬財富，另一隻手掌握著江南武林中大半人的生死和命運！

眩目的火光，照亮了一個人的臉。

一張充滿了勇氣、決心和堅強自信的臉，一個像貌威嚴，寬袍大袖的中年人。

橋頭擺著張大而舒服的太師椅。

金四爺頭髮用黑緞子隨隨便便的挽了個髻，腳下也隨隨便便的套了雙多耳麻鞋，就這樣隨隨便便的坐在那裡。

但卻絕沒有人敢隨隨便便的看他一眼，更沒有人敢在他面前隨隨便便的說一句。

有種人無論是站著，是坐著，還是躺著，都帶著種說不出的威嚴。

金四爺就正是這種人。

楚留香看過他，也知道他是那種人。

他知不知道楚留香是哪種人呢？

楚留香嘆了口氣，終於走了過去，等他走到金四爺面前時，臉色已很平靜。

能看到楚留香臉上有驚慌之色的並不多。

金四爺那雙鷹一般銳利的眸子，正盯在他臉上，忽然道：「原來是你。」

楚留香道：「是我。」

金四爺冷冷道：「我們還真沒有想到是你。」

楚留香笑了笑，道：「我也沒想到金四爺居然還認得我。」

金四爺沉著臉，道：「像你這樣的人，我只要看過一眼，就絕不會忘記。」

楚留香道：「哦？」

金四爺道：「你有張很特別的臉。」

楚留香道：「我的臉特別？」

金四爺道：「無論誰有你這麼樣的一張臉，再想規規矩矩的做人都難得很。」

楚留香又笑了，又摸了摸鼻子。

他本來是想摸摸自己臉的，卻還是忍不住要摸在鼻子的。

金四爺冷冷道：「所以我一眼就看出你絕不是個規規矩矩的人。」

楚留香道：「所以你才沒有忘記我？」

金四爺道：「哼。」

楚留香道：「但我也沒有忘記金四爺。」

他微笑著，又道：「像金四爺這樣的人，無論誰看過一眼，都很難忘記的。」

金四爺臉色變了變，厲聲道：「你既然還認得我，你就不該來。」

楚留香嘆了口氣，道：「只可惜我已經來了。」

金四爺道：「你知不知道這裡是什麼地方？」

楚留香道：「不知道。」

他本來的確不知道。就算他早已知道，還是一樣會來。

金四爺道：「你知不知道三十年來，還沒有一個人膽敢隨意闖入這裡！」

楚留香道：「不知道。」

金四爺道：「你怎麼到這裡來的？」

楚留香道：「不知道。」

金四爺怒道：「不知道怎麼會來？」

楚留香苦笑道：「就這樣糊裡糊塗的來了。」

金四爺瞪著他看了半天，忽又問道：「你連剛才看見的人是誰都不知道？」

楚留香道：「不知道，卻很想知道。」

金四爺一字字道：「她是我的女兒！」

楚留香又怔住了，這下子才真的怔住了。

金四爺表情變得很奇怪，沉聲道：「你若是看到有人半夜裡從你女兒屋裡走出來，你會怎麼樣去對付他？」

這句話問得好像也有點奇怪。

楚留香卻還是搖搖頭，道：「不知道。」

這次他說的不是真話。

其實他當然也知道，在這種情況下，做父親的人通常只有兩種法子——若不打死那小子，只有逼他娶自己的女兒做老婆。

金四爺臉上現出怒容，厲聲道：「你真不知道？」

楚留香道：「我沒有女兒。」

金四爺怒道：「你知道什麼？」

楚留香忽然長長嘆了口氣，道：「到現在爲止，我只知道一件事。」

金四爺道：「哪件事？」

楚留香苦笑道：「我只知道我自己好像已掉進個圈套裡，忽然間就莫名其妙的掉了下去。」

他的確有點莫名其妙。等他發現這是個圈套時，繩子已套住了他的脖子。

金四爺臉色又變，厲聲道：「圈套！什麼圈套？」

楚留香道：「不知道。」

他苦笑著，接著道：「我若知道這是個什麼樣的圈套，就不會掉下來了。」

金四爺冷冷道：「你是不是還想跳出去？」

楚留香道：「想得要命。」

金四爺道：「一個人若已真的掉在圈套裡，就很難再跳出去。」

楚留香道：「的確很難。」

金四爺道：「你知不知道要怎麼樣才能出得去？」

楚留香道：「不知道。」

金四爺目光忽又變得很奇怪，道：「那只有一種法子。」

楚留香道：「請教。」

金四爺沉聲道：「只要你忘記這個圈套，你就已不在這圈套裡。」

楚留香想了想，道：「這句話我不太懂。」

金四爺道：「你若忘記這是個圈套，哪裡還有什麼圈套？」

楚留香又想了想，道：「我還是聽不懂。」

金四爺沉下了臉，道：「要怎樣你才懂？」

楚留香道：「不知道。」

金四爺厲聲道：「好，我告訴你！」

他霍然長身而起，忽然已站在楚留香面前，左掌在楚留香眼前揮過，右手閃電般去抓楚留香的腕子。

這並不能算是很精妙的招式。

楚留香七八歲的時候，就已學會對付這種招式的法子。

他就算閉著眼，再綁住一隻手，一條腿，也能避開這一著的。

但金四爺的招式卻已變了，忽然間就變了，也不知是怎麼變的。

楚留香忽然發現金四爺的右手在他眼前，本來在他眼前的那隻左手，竟已扣住了他的腕子。

他這才吃了一驚。

這一兩年來，他會過的絕頂高手，比別人一生中聽說的還多。石觀音的身法，「水母」陰姬的掌力，蝙蝠公子的暗器，薛衣人的劍……可說無一不是登峰造極的武功，每一著使出，幾乎都有令人不得不拍案叫絕的變化，不能不驚心動魄的威力。

但楚留香卻從未見過，像金四爺這一招那麼簡單，那麼有效的武功。

這一招好像就是準備用來對付楚留香的！

楚留香的腕子立刻被扣住。

金四爺低叱一聲，額上青筋一根根凸起，手臂反掄，竟將楚留香整個人摔了出去。

他拍了拍手，吐出口氣，臉上也不禁露出得意之色，顯然對自己的武功覺得很滿意。

誰一招能將楚留香摔出去，都應該對自己很滿意。

眼看著楚留香的頭就要撞上橋畔的石柱，金四爺就慢慢地轉過身，揮了揮手，意思是要他的家丁們將楚留香的屍體抬去。

他已不準備再看見楚留香這個人。

一個人的腦袋被撞得稀爛，並不是件很好看的事。

誰知他剛轉過身，就看見一個人笑嘻嘻的站在他面前看著他。

這人正是他永遠不想再看到的那人。

金四爺的臉突然僵硬。

楚留香正站在他面前，笑嘻嘻的看著他，全身上下都完整得好像剛從封箱中拿出來的瓷器，連一點撞壞的地方都沒有。

金四爺的目光從他的頭看到腳，又從他的腳看到頭，上上下下看了兩遍，忽然冷冷一笑，道：「好！好功夫！」

楚留香也笑了笑，道：「你的功夫也不錯。」

金四爺道：「你再試試這一著！」

說話的時候他已出手。

他每個字都說得慢，出手更慢，慢得出奇。

楚留香看看他的手。

他的手粗而短，但卻保養得很好，指甲也修剪得很乾淨。而且不像其他那些養尊處優的大爺一樣，小指上並沒有留著很長的指甲，來表示自己什麼事都可以不必做。

這雙手雖然絕不會令人覺得噁心。

但有時卻的確可以令人送命！

他左手的指頭看來更粗硬、更短，顯然也更有力。

現在他的左手雖已抬起，卻沒有動，右手也動得很慢，慢慢地向楚留香伸過去，好像想握一握楚留香的手，跟他交個朋友。

現在這隻手看來的確連一點危險都沒有。

但也只有看不見的危險，才是真正的危險。

這道理楚留香是不是懂得？

他好像不懂。

所以等他看出這隻手的危險時，已來不及了！

忽然間，楚留香發現自己兩隻手都已在這隻手的力量控制之下。

無論他的手想怎麼動，手腕都很可能立刻被這雙手扣住。

他沒有動，並不是因爲不想動，而是根本不能動。

金四爺手背上的青筋也已凸起，指尖距離楚留香的腕子已不及三寸。

楚留香輕輕嘆了口氣。

就在這時，金四爺的手已扣住了他的腕子——不是右手，是左手。

他的右手還停在那裡，左手卻已突然閃電般探出。

這種招式說來並不玄妙，甚至可以說是很陳舊很老套的變化。

但他卻用得實在太快，太有效！

楚留香的注意力好像已完全集中在他右手上，根本沒有防備他這隻左手。

要命的左手。

金四爺再次低叱一聲，楚留香的人就立刻又被掄了過去！

眼看著他又要撞上橋畔的石柱。

這次金四爺既沒有轉身的意思，也沒有準備再看的意思。

他目光灼灼，眨也不眨的盯著楚留香。

幾十個人站在這裡，四下裡卻靜得像完全沒有人一樣。

沒有人歡呼，也沒有人喝采。

這些人已被訓練得鐵石般冷靜，金四爺一著得手，他們甚至連手裡已張滿了的弓弦都沒有顫動一下。

但他們的眼睛卻也不能不去看楚留香。

在每個人的計算中，都認爲這是楚留香的頭要撞上石柱的時候。

楚留香的身子突然淩空一轉——就像是魚在水中一轉。

這一轉非但沒有絲毫勉強，而且優美文雅如舞蹈。

看到楚留香的輕功身法，簡直就好像看著一個久經訓練的苗條舞女，在你面前隨著樂聲起舞一樣。

幾乎就在他轉身的同一刹那間，他的人已回到金四爺面前。

金四爺的眼睛始終沒有離開過他，也就在這同一刹那間，突又出手。

誰也沒有看清他的動作。只看見楚留香的身子又被掄起，死魚般被摔了出去，只不過換了個不同的姿勢而已。

但他回來的方法卻還是和剛才一樣。

眼見著他要撞上石柱時，他身子突又一轉，人已回到金四爺面前。

只聽一聲霹靂般的大喝！

金四爺的身子似已暴長半尺，似已將全身力量都用作這孤注一擲。

楚留香的人箭一般向後飛出。

他第四次被摔出去。

這一摔之力何止千斤，楚留香的人似已完全失去控制！

在這種力量下，根本就沒有人還能控制自己。

眼看著他這次勢必已將撞上石柱，但卻忽然從石柱欄杆間穿了過去。

他腳尖勾住了石柱，用力一勾，忽然又從欄杆間穿了回來，來勢彷彿比去勢還急，到了金四爺面前，才突然轉身。

就像是魚在水中輕輕一轉。

然後他的人就輕飄飄的落在金四爺面前，臉上還是帶著那種懶懶散散的微笑，就好像始終都一直站在那裡，根本就沒有動過。

沒有人動，沒有人出聲。

但每個人眼睛都不禁露出驚嘆之色。

這一戰雖然是他們親眼看見的，但直到現在，他們幾乎還不能相信自己的眼睛。

人有很多種，但大多數人卻都屬於同一種。

這種人做的每件事，幾乎都在預料中——在別人的預料中，也在自己預料中。

他們日出而作，日落而息。

他們工作，然後就等著收穫。

他們總不會有太大的歡樂，也不會有太大的痛苦，他們平平凡凡的活著，很少會引起別人的驚奇，也不會被人羡慕。但他們卻是這世界不可缺少的。

楚留香不是這種人。

他做的每件事，幾乎都不是別人預料得到的，幾乎難以令人相信。因爲他天生就是個傳奇人物。

火把的火光在閃動。閃動的火光，照著金四爺的臉。

他臉上並沒有什麼表情，但額上卻似已有汗珠在火光下閃動。

他凝視著楚留香，目光已有很久很久沒有移動。

楚留香還在微笑著。

金四爺忽然道：「好，好功夫。」

楚留香微笑道：「你的功夫也不錯。」

還是和剛才同樣的兩句話，但現在聽起來，味道卻已不同。

金四爺忽然轉身，慢慢地走回去，坐下來，椅子寬大而舒服。

楚留香卻只有站著。

金四爺看著他站在那裡，臉上還是一絲表情也沒有，汗卻已乾了。

楚留香忽也轉過身，走回那水閣。

金四爺看著他，既沒有阻攔，也沒有開口。

過了半晌，就看到楚留香又走了出來，搬著張椅子走了出來。

他將椅子放到金四爺對面，坐下。椅子寬大而舒服。

兩人就這樣面對面的坐著，面對面的看著，誰也沒有開口。

也不知過了多久，金四爺忽然揮了揮手。

幾乎就在這一瞬間，弓已收弦，刀已入鞘，數十人同時退入黑暗中，連一點聲音都沒有發出，連腳步聲都沒有。只有橋頭的兩個人，仍然高舉著火把，石像般站在那裡。火焰在閃動。

金四爺突又揮了揮手，道：「酒來。」

他說的話就好像某種神奇的魔咒。忽然間，酒菜已擺在桌上，桌子已擺在他們面前。食盒中擺著八色菜，精緻而悅目。

酒是琥珀色的。斟滿金杯。

金四爺慢慢地舉起金杯，道：「請。」

楚留香舉杯一飲而盡，道：「好酒。」

金四爺道：「英雄當飲好酒。」

楚留香道：「不敢。」

金四爺沉聲道：「昔日青梅煮酒，快論英雄，佳話永傳千古，卻不知今日之你我，是否能比得上昔日之劉曹？」

楚留香忍不住笑了，道：「比不上。至少我比不上。」

金四爺道：「怎見得？」

楚留香道：「英雄絕不會坐在別人的圈套裡走不出去。」

金四爺沉下了臉，默默良久，一字字道：「人若還在圈套裡，怎能舒舒服服的坐著？」

圈套裡的人總是躺著的。

楚留香目光閃動，微笑道：「如此說來，莫非我已走了出去？」

金四爺道：「那還得看你。」

楚留香道：「哦？」

金四爺又沉默了很久，忽然長嘆一聲，道：「你做過父親沒有？」

楚留香道：「沒有。」

金四爺道：「但爲人子的，總該明白做父親並不是件容易事。」

楚留香道：「的確不容易。」

金四爺的神情忽然變得很消沉，傾滿金杯，一飲而盡，長嘆道：「尤其是做一個垂死女兒的父親，那更不容易。」

楚留香也嘆了口氣，道：「我明白。」

金四爺突又抬起頭，目光刀一般盯在他臉上，厲聲道：「你還明白什麼？」

楚留香道：「我明白的事本來很多，只可惜有很多卻已忘記了。」

金四爺道：「你又是忘記了什麼？」

楚留香道：「忘記的是那些不該記得的事。」

金四爺目光垂落，看著自己的手，又過了很久，才緩緩道：「這件事你也會忘記？」
楚留香笑了笑，道：「也許我現在就已忘了。」
金四爺道：「從此再也不會記起？」
楚留香道：「絕不會。」
金四爺道：「這話是誰說的？」
楚留香道：「楚留香說的。」
楚留香的話，一向永無更改。
金四爺忽又抬起頭，看著他，慢慢地舉起金杯道：「請。」
楚留香一飲而盡，道：「好酒。」
金四爺道：「英雄當飲好酒。」
楚留香道：「多謝。」
金四爺仰天而笑，大笑了三聲，霍然長身而起，大步走了出去，走入黑暗中。
火把立刻熄滅！天地間又變得一片黑暗，石像般站在橋頭的兩個人也跟著消失在黑暗裡。
沒有腳步聲，什麼聲音都沒有。
楚留香一個人靜靜地坐在黑暗裡，凝視著手裡的金杯，金杯在星光下閃著光。
他很想將這件事從頭到尾再想一遍，但思想卻亂得很，根本無法集中起來思索一件事。
因爲這件事根本就不像是真的，根本就不像是真的發生過。
世上怎麼會有這種荒謬離奇的事發生？這連他自己都無法相信。

但金杯仍在閃著光。金杯是真的。

楚留香輕輕嘆了口氣，抬起頭，前面是一片無邊無際的黑暗，再回頭，屋子裡的燈也已滅了。

人呢？楚留香忽然發現人已到了橋上，正倚著欄杆，默默的看著他。

白衣如雪，星眸朦朧，也不知藏著多少愁苦。但卻沒有任何人能看得出。

別人能從她眼睛裡看到的只是一種絕望的空洞。

「做一個垂死女兒的父親，的確太不容易。」

沒有一個父親能看著自己女兒死的。死，慢慢地死……

楚留香忽然覺得金四爺也很值得同情，因為他承受的痛苦，也許比他女兒更多。

她看著楚留香，目中似已有淚光，忽然道：「現在你是不是已經完全明白了？」

楚留香點點頭。他但願自己永遠不明白，世上有些事的真相實在太可怕，太醜惡。

她又問道：「你要走？」

楚留香苦笑。

她垂下頭，輕輕道：「你一定很後悔，根本就不該來的。」

楚留香道：「但我已經來了。」

她疑望著橋下的流水，道：「你怎麼會來的，你自己知不知道？」

楚留香嘆道：「不知道也好。」

她忽又抬起頭，凝視楚留香，道：「你知不知道我以前看過你？」

楚留香搖搖頭。

她慢慢地接著道：「就因爲我看過你，所以才要你來。」

楚留香道：「是你想法子要我來的？」

她點了點頭，聲音輕如耳語。

「別人都說，我這種病只有一種法子能治得好……只有跟男人在一起之後，才能治得好，

可是我從來也沒有試過。」

「爲什麼？」

「我不信，也不願意。」

「不願意害別人？」

「我並不是個心腸那麼好的女人，可是我……」

「你怎麼樣？」

「我討厭男人，一碰到男人就噁心。」

她空洞的眼睛裡忽然有了某種又縹渺、又虛幻的情感。

所以她立刻避開了楚留香的眼睛，輕輕道：「我要你來，只因爲我不討厭你……」

楚留香只有沉默。他實在不知道自己該說什麼。

無論如何，一個女孩子告訴你，她不討厭你，總是件值得高興的事。

但在這種情況下，他實在沒法子高興起來。

她也沉默了很久，才接著道：「這些話我本不該說出來的。」

楚留香道：「你爲什麼要說？」

她的手緊握著欄杆，好冷的欄杆。一直可以冷得進入心裡。

「我說出來，只因爲我想求你一件事。」

「什麼事？」

「不要怪我的父親，也不要怪別人，因爲這件事錯的是我，你只能怪我。」

楚留香沉思著，忽然問道：「你以爲我會怪什麼人？」

「那個要你來的人。」

「你知道她是誰？」

她搖搖頭，淡淡道：「我只知道有些人爲了十萬兩銀子，連自己兄弟都一樣會出賣的。」

楚留香立刻追問：「你不認得張潔潔？」

「誰是張潔潔？」

「艾青呢？卜阿鵑呢？你也不認得她們？」

「這些名字我根本從未聽說過。」

楚留香又沉默了很久，忽然長嘆道：「其實你也該怪你自己。」

「爲什麼？」

「因爲你也是被人利用的……被利用作殺我的工具！」

她張開了眼睛，彷彿很驚異：「是誰利用了我？是誰想殺你？」

楚留香笑了，淡淡笑道：「現在我還不知道，但總有一天，我會找到她的！」

高牆上風更冷。站在牆頭，依稀還可以看見她一身白衣如雪。

她還在倚著欄杆，發冷的欄杆。但世上還有什麼能比她的心更冷？

「我只求你一件事，只求你莫要恨我的父親。」

楚留香絕不恨他們，只覺得他們值得憐憫，值得同情。他們也和楚留香同樣是在被人利用，同樣是被害的人。楚留香應該恨的是誰呢？

「你一定很後悔，根本就不該來的。」

他的確很後悔，後悔不該太信任張潔潔，他只希望能見到她。那時他說不定會揪住她的頭髮，問個清楚，問她爲什麼要這樣子害人？

但他也知道，自己這一生只怕是永遠再也不會看到張潔潔了。

她當然絕不敢再來見他。他也沒法子找到她。

除了知道她的名字叫張潔潔之外，他對她這個人根本　無所知。

甚至連這名字究竟是真是假，他都不知道。

「其實能永遠不見她也好，反而落得太平些。」

這樣的女孩子除了會害你，害得你頭暈腦漲，頭大如斗之外，對你還能有什麼別的好處？

但也不知爲了什麼，只要想到以後永遠再也看不到她時，楚留香心裡就會覺得有種說不出來的悵惘，彷彿突然失落了什麼。

高牆上的風真冷。楚留香輕輕嘆了口氣，從牆頭躍了下去。

這次躍下時他並不覺得惶恐，因爲他很有把握。

他知道自己會落到什麼地方。那既不是陷阱，也不是火坑，只不過是條很僻靜的小巷子。

他可以盡量放心。他太放心了。直到他落下去之後，才發覺下面雖沒有火坑，卻有個水盆。他的人恰巧就落在這水盆裡。然後他立刻就聽到一個人的笑聲。

八 月下水，水中月

楚留香喜歡笑。

他不但喜歡自己笑，也喜歡聽別人笑，看別人笑。因爲他總認爲笑不但能令自己精神振奮，也能令別人快樂歡愉。

就是最醜陋的人，臉上若有了從心底發出的笑容，看起來也會顯得容光煥發，可愛得多。

就算是世上最美妙的音樂，也比不上真誠的笑聲那麼樣能令人鼓舞振奮。

現在楚留香聽到的這笑聲，本身就的確比音樂更悅耳動聽。

可是楚留香現在聽到這笑聲，卻好像突然被人抽了一鞭子。

他聽得出這正是張潔潔的笑聲。

楚留香絕不會跌進一個大水盆裡……除了洗澡的時候外，他絕不會像這樣「噗通」一下子，跌進了一個大水盆裡。

無論從什麼地方跳下都不會。

他就算是從很高的地方跳下來，就算不知道下面有一大盆水在等著他，也絕不會真的跌進去。

「楚留香的輕功無雙」，這句話，並不是胡說八道的。

可是他現在卻的的確確是「噗通」一下子就跌進了這水盆裡。只因為他剛準備換氣的時候，就忽然聽到了張潔潔的笑聲。

一聽到張潔潔的笑聲，他準備要換的那口氣，就好像忽然被人抽掉了。

水很冷，居然還帶著種梔子花的味道。

楚留香的火氣卻已大得足足可以將這盆水燒沸。

他並不是個開不起玩笑的人，若在平時，遇著了這種事，他一定會笑得比誰都厲害。

但現在他的心裡卻實在不適於開玩笑。

無論誰若剛被人糊裡糊塗的送去做替死鬼，又被同一個人送進一盆冷水裡，他若還沒有火氣，那才真的是怪事。

張潔潔笑得好開心。

楚留香索性坐了下來，坐在冷水裡。

他坐下來之後，才轉頭去看張潔潔，彷彿生怕自己看到她之後會氣得爆炸。

他看到了張潔潔。他沒有爆炸。

忽然間，他也笑了。

無論你在什麼時候，什麼地方看到張潔潔，她總是整整齊齊，乾乾淨淨的樣子，就好像一枚剛剝開的硬殼果。

但這次她看來卻像是一隻落湯雞。

她從頭到腳都是濕淋淋的，居然也坐在一個大水盆裡。正用手掬著水，往自己頭上淋，一面吃吃地笑道：「好涼快喲，好涼快，你若能在附近八百里地裡，找到一個比這裡更涼快的地方，我就佩服你。」

楚留香大笑道：「我找不著。」

他本來不想笑的，連一點笑的意思都沒有。

但現在他笑得卻好像比張潔潔還開心。

張潔潔笑道：「你若猜得出這兩個水盆是怎麼弄來的，我也佩服你。」

楚留香道：「我猜不出。」

根本就不想猜。

張潔潔做的事，本來就是誰都料不到，誰都猜不出的。

你就算打破頭也猜不出。

她瞪著眼，笑得連眼淚都快流了下來，那雙新月般的小眼睛，看起來就更可愛。

楚留香看著她的眼睛，忽然跳了起來，跳進她那個水盆裡。

張潔潔嬌笑著，用力去推他，喘息著道：「不行，不許你到這裡來，我們一個人一個水盆，誰也不許搶別人的。」

楚留香笑道：「我偏要來，我那個水盆沒有你這個好。」

張潔潔道：「誰說的？」

楚留香道：「我說的……你這盆水比我那盆香。」

張潔潔吃吃笑道：「我剛在這裡面洗過腳，你喜歡聞我的洗腳水？」

她還用力推楚留香。

楚留香硬是賴著不走，她推也推不動。忽然間，她的手好像已發軟了，全身都發軟了。

她整個人就倒進楚留香懷裡。

她好香，比梔子花還香。

楚留香忍不住抱住了她，用剛長出來的鬍子去刺她的臉。

她整個人都縮了起來，咬著嘴唇道：「你鬍子幾時變得這麼粗的？」

楚留香道：「剛才。」

張潔潔道：「剛才？」

楚留香道：「一個人火氣大的時候，鬍子就會長得特別快。」

張潔潔瞪著眼，道：「你在生誰的氣？」

楚留香道：「生你的氣。」

張潔潔道：「你既然生我的氣，爲什麼不揍我一頓，反來拚命抱住我？」

她瞅著楚留香，眼波溫柔得竟彷彿水中的月，月下的水。

楚留香忽然把她的身子翻過來，按在自己身上，用力打她的屁股。

其實他並沒有太用力，張潔潔卻叫得很用力。

她又笑又叫，一面還用腳踢，踢楚留香，踢水，踢水盆。

那寬寬的褲腳被她踢得捲了起來，露出了她美麗纖巧的足踝，雪白晶瑩的小腿。

也露出了她的腳。

楚留香終於看到了她的腳。

她赤著腳，沒有穿鞋襪，就好像真的剛洗過腳，她的腳乾淨、纖巧、秀氣。

楚留香看過很多女人的腳，但現在卻好像第一次看女人的腳一樣。

張潔潔口裡輕輕喘息著，抬起頭，對著他的眼睛，咬著嘴唇道：「你在看什麼？」

楚留香沒有聽見。過了很久，才嘆息了一聲，喃喃道：「我現在總算明白一件事了。」

張潔潔道：「什麼事？」

楚留香道：「眼睛好看的女人，腳也一定不會太難看。」

張潔潔的腳立刻縮了起來，紅著臉道：「你這雙賊眼，為什麼總不往好的地方看？」

楚留香故意板著臉，道：「誰說我總不往好地方看，你若能在附近八百里地裡，找到比這更好看的地方，我就佩服你。」

張潔潔紅著臉，瞪著他，突然一口往他鼻子上咬了過去。

她咬到了。

沒有聲音，連笑聲都沒有。

兩個人躲在水盆裡，彷佛生怕天上的星星會來偷看偷聽。

水很冷，但在他們感覺中，卻已溫暖得有如陽光下的春光。

現在既不是春天，也沒有陽光。

了。」

楚留香道：「你不知道那位金姑娘是個……是個有病的人？」

張潔潔道：「我若知道，怎麼會讓你去？」

楚留香道：「但現在卻知道了？」

張潔潔道：「嗯。」

楚留香道：「你幾時知道的？怎麼會知道的？」

張潔潔道：「你進去之後，我又不放心，所以也跟著進去。」

楚留香道：「你看到了什麼？聽到了什麼？」

張潔潔道：「我聽到有人說，他們家的小姐是個……是個很可怕的病人，本已沒有救的，幸好現在總算找到了個替死鬼。」

他們都沒有將金姑娘生的是什麼病說出來。

因爲那種病實在太可怕。

無論誰都知道，世上絕沒有任何一種病比「痲瘋」更可怕。

那其實已不能算是一種病，而是一種咀咒，一種災禍。已使得人不敢提起，也不忍提起。

張潔潔黯然道：「金四爺本來也不贊成這麼樣做的，卻又不能不這樣做，所以他心裡也很痛苦，很不安，所以他才想將你殺了滅口。」

一個人在自我慚愧不安時，往往就會想去傷害別的人。

楚留香嘆道：「我並不怪他，一個做父親的人，爲了自己的女兒，就算做錯了事也值得原諒，何況我也知道這本不是他的主意。」

張潔潔道：「你知道這是誰的主意？」

楚留香道：「當然是那個一心想要我命的人。」

張潔潔嘆道：「不錯，我也是上了他的當，才會叫你去的，我本來以爲是他在那裡，因爲他告訴我，他要在那裡等你。」

楚留香道：「他親口告訴你的？」

張潔潔點點頭。

楚留香道：「你認得他？」

張潔潔又點點頭。

楚留香道：「你既然知道他是誰，爲什麼不肯告訴我呢？」

張潔潔凝注著遠方，遠方一片黑暗，她目中忽然露出一種無法描敘的恐懼之意，忽又緊緊抱住了楚留香，道：「現在我只想逃走，你……你肯不肯陪我一起逃掉？」

楚留香道：「逃到哪裡去？」

張潔潔夢囈般喃喃道：「隨便什麼地方，只要是沒有別人的地方，只有我跟你，在那裡既沒有人會找到我，也沒有人會找到你。」

她闔起眼簾，美麗的睫毛上已掛起了晶瑩的淚珠，夢囈般接著道：「現在我什麼都不想，只想跟你單獨在一起，安安靜靜地過一輩子。」

楚留香沒有說話，很久很久沒有說話。

他眼睛裡帶著種很奇怪的表情，也不知是在思索，還是在做夢？

張潔潔忽又張開了眼睛，凝視著他，道：「我說的話你不信？」

楚留香慢慢地點了點頭，道：「我相信。」

張潔潔道：「你……你不肯？」

她臉色蒼白，身子似已顫抖。

楚留香用雙手捧住了她蒼白的臉，柔聲道：「我相信，我也肯，只可惜……」

張潔潔道：「只可惜怎麼樣？」

楚留香長長嘆息著，道：「只可惜世上絕沒有那樣的地方。」

張潔潔道：「絕沒有什麼地方？」

楚留香黯然道：「絕沒有別人找不到的地方，無論我們逃到哪裡去，無論我們躲在哪裡，遲早總有一天，還是會被別人找到的。」

張潔潔的臉色更蒼白。

她本是個明朗而快樂的女孩子，但現在卻彷彿忽然有了很多恐懼，很多心事。

這又是為了什麼？

是不是為了愛情？

愛情本就是最不可捉摸的。

有時痛苦，有時甜蜜，有時令人快樂，有時卻又令人悲傷。

最痛苦的人，可能因為有了愛情，而變得快樂起來，最快樂的人也可能因為有了愛情，而變得痛苦無比。

這正是愛情的神秘。

只有真正的友情，才是永遠明朗，永遠存在的。

張潔潔垂下頭，沉默了很久，眼淚已滴落在清冷的水裡。

水裡映著星光。星光朦朧。

她忽又抬起頭，滿天朦朧的星光，似已全都被她藏在眸子裡。

她癡癡地看著楚留香，癡癡地說道：「我也知道世上絕沒有能永遠不被別人找到的地方，可是我們只要能在那裡單獨過一年，一個月，甚至只要能單獨過一天我就已經很快樂，很滿足。」

楚留香什麼都沒有再說。

你若是楚留香，在一個星光朦朧，夜涼如水的晚上，有一個你所喜歡的女孩子，依偎在你懷裡向你真情流露，要你帶著她走。

你還能說什麼？

每個人都有情感衝動，無法控制的時候。這時候除了他心上人之外，別的事他全都可以忘記，全都可以拋開。

每個人在他一生中，都至少做過一兩次這種又糊塗，又甜蜜的事。

這種事也許不會帶給他什麼好處，至少可以給他留下一段溫馨的往事讓他在老年寂寞時回憶。

一個人在晚年寒冷的冬天裡，若沒有一兩件這樣的往事回憶，那漫長的冬天怎麼能挨得過去？

那時他也許就會感覺到，他這一生已白活了。

太陽剛剛升起，陽光穿過樹葉，鋪出了一條細碎的光影，就好像鑽石一樣。

張潔潔挽著楚留香的手，默默的走在這條寧靜的小路上。

她心裡也充滿了寧靜的幸福，只覺得自己從來沒有這麼樣幸福過。

楚留香呢？

他看來雖然也很愉快，卻又顯得有些迷惘。

因爲他不知道，這麼樣做是不是對的，有很多事，他實在很難拋開，有很多人，他實在很難忘記。

可是他已答應了她。

「每個人都有情感衝動的時候」，楚留香也是人，所以他也不能例外。

風從路盡頭吹過來，綠蔭深處有一雙麻雀正喁喁蜜語。

張潔潔忽然仰起頭，嫣然道：「你知不知道他們在說什麼？」

楚留香搖搖頭。

張潔潔眼睛裡帶著孩子般的天真，柔聲道：「你聽，那麻雀姑娘正在求她的情侶，求他帶著她飛到東方去，飛向海洋，可是麻雀先生卻不答應。」

楚留香道：「他為什麼不答應？」

張潔潔瞪著眼道：「因為他很笨，竟認為安定的生活比尋找快樂更重要，他既怕路上的風雪，又怕飢餓和寒冷，卻忘了一個不肯吃苦的人，是永遠也得不到真正快樂的。」

楚留香慢慢道：「在有些人眼中看來，安定的生活也是種快樂。」

張潔潔道：「可是，他這樣躲在別人家的樹上，每天都得防備著頑童的石彈，這也能算是安定的生活麼？」

她輕輕嘆了口氣，幽幽地接道：「所以我認為他應該帶著麻雀姑娘走的，否則他一定會後悔，若沒有經過考驗和比較，又怎麼知道什麼才是真正的快樂？」

他們已從樹下走了過去，樹上的麻雀突然飛起，飛向東方。

張潔潔拍手嬌笑，道：「你看，他們還是走了，這位麻雀先生畢竟還不算太笨。」

楚留香忽然笑了笑，道：「我是不是也不能算是太笨？」

張潔潔墊起腳尖，在他頰上輕輕地親了親，柔聲道：「你簡直聰明極了。」

「你想到哪裡去？」

「隨便你。」

「你累不累？」

「不累。」

「那麼我們就這樣一直走下去好不好？走到哪裡算那裡。」

「好。」

「只要你願意，就算走到天涯海角，我也永遠跟著你，我跟定了你。」

黃昏。

小鎮上的黃昏，安寧而平靜。

一對垂暮的夫婦，正漫步在滿天夕陽下，老人頭上戴著頂很滑稽的黃麻高冠，但樣子看來卻很莊嚴，也很嚴肅。

他的妻子默默地走在他身旁，顯得順從而滿足，因爲她已將她這一生交給了她的丈夫，而且已收回了一生安定和幸福。

他們靜靜地走過去，既不願被人打擾，也不願打擾別人。

楚留香輕輕嘆了口氣。

每次他看到這樣的老年夫妻，心裡都會有種說不出的感觸。

因爲他從不知道自己到了晚年時，是不是也會有個這種可以終生依偎的伴侶陪著他。

只有這次，他心裡的感觸幸福多於惆悵。因爲張潔潔正伴在他身旁。

他忍不住握起了張潔潔的手！

張潔潔的手冷得就像是冰一樣。

楚留香道：「你很冷？」

張潔潔正垂頭在看著自己的腳尖，過了很久，才抬起頭來嫣然一笑，道：「我不大冷，可是很餓，簡直快餓瘋了。」

楚留香道：「你想吃什麼？」

張潔潔眼珠子轉了轉，道：「我想吃魚翅。」

楚留香道：「這種地方怎麼會有魚翅？」

張潔潔道：「我知道前面的鎮上有，再走把里路，就是個大鎮。」

楚留香道：「你現在已經快餓瘋了，還能捱得到那裡？」

張潔潔笑了道：「我愈餓的時候，愈想吃好吃的東西。」

楚留香笑了道：「原來你跟我竟是一樣，也是個饞嘴。」

張潔潔甜甜地笑著，道：「所以我們才真正是天生的一對。」

楚留香道：「好，我們快走。」

張潔潔噘起嘴，道：「我已經餓得走不動了，你身上還有僱車的錢麼？」

所以他們就僱了車。

車走得很快，因爲張潔潔一直不停地在催。

現在從車窗看出去，已可看到前面鎮上的燈火。

楚留香正看著窗外出神。

張潔潔忽然憶起道：「你心裡是不是還在想那個人？」

楚留香道：「什麼人？」

張潔潔道：「那個一直在害你的人？」

楚留香笑了笑，道：「有時總難免會想一想的。」

張潔潔道：「你知不知道我爲什麼一直不曾告訴你他是誰？」

楚留香道：「不知道。」

張潔潔柔聲道：「因爲我不想你去找他，所以我想求你一件事。」

楚留香道：「你說。」

張潔潔凝視著他，一字字道：「我要你答應我，以後不要再想他，也不要再去找他。」

楚留香笑了笑，道：「我幾時找過他？都是他在找我。」

張潔潔道：「他以後若不再來找你呢？」

楚留香道：「我當然也不會去找他。」

張潔潔道：「真的？」

楚留香柔聲道：「只要你陪著我，什麼人我都不想去找了，我已答應過你。」

張潔潔笑得無限溫柔道：「我一定會永遠陪你的。」

拉車的馬長嘶一聲，馬車已在一間燈火輝煌的酒樓前停下。

張潔潔拉起楚留香的手，道：「走，我們吃魚翅去，只要身上帶的錢夠多，我可以把這地方的魚翅全都吃光。」

魚翅已擺在桌子上面了，好大的一盆魚翅，又熱又香。

可是張潔潔卻還沒有回來。

剛才，她剛坐下，忽然又站了起來，道：「我要出去一下。」

楚留香忍不住問她：「到哪裡去？」

張潔潔就彎下腰，臉貼著他的臉，附在他耳邊悄悄地道：「我要出去清肚子裡的存貨，才好多裝點魚翅。」

酒樓裡這麼多人，她的臉貼得這麼近，連楚留香都不禁有點臉紅了。

直到現在爲止，他還覺得別人好像全都在看著他。

他心裡只覺得甜甜也。

一個女孩子，若非已全心全意的愛著你，又怎麼會在大庭廣眾問跟你親熱呢？

除了楚留香之外，張潔潔的眼睛裡好像就看不到第二個人了。

楚留香又何嘗去注意過別的人？

可是現在魚翅已經快冷了，她爲什麼還沒有回來？

女孩子做事，爲什麼總要比男人慢半拍？

楚留香嘆了口氣，抬起頭，忽然看到兩個人從門外走進來。

兩個老人，一個老頭子，一個老太太。

老頭子戴著頂很滑稽的黃麻高冠。臉上的神情卻很莊嚴。

楚留香忽然發現了這兩人就是他剛才在那小鎮上看到的那對夫妻。

他們剛才還在那小鎮上踱著方步，現在忽然間也到了這裡！

他們是怎麼來的？來幹什麼？

楚留香本來覺得很驚奇，但立刻就想通了：「那鎮上馬車又不止一輛，我們能坐車趕著來吃魚翅，人家爲什麼不能？」

他自己對自己笑了笑，決定不再管別人的閒事。

誰知這一對夫妻卻好像早已決定要來找他，居然筆直走到他面前來，而且就在他對面的椅子上坐下。

楚留香怔住了。

他忽然發現這老人一直在盯著他，不但臉色很嚴肅，一雙眼睛也是冷冰冰的，就好像正看著個冤家對頭一樣。

楚留香勉強笑了笑，道：「兩位是來找人的？」

麻冠老人道：「哼。」

楚留香道：「兩位找誰？」

麻冠老人道：「哼。」

楚留香道：「我好像從來沒有見過兩位？」

麻冠老人道：「哼。」

楚留香不再問了，他已明白兩人來找的是什麼。

他們是來找麻煩的。

楚留香嘆了口氣，就算他不去找別人，別人遲早也會來找他的。這一點他也早已料到。只不過沒有料到來得這麼快而已。

現在他只希望張潔潔快點回來，只想讓張潔潔親眼看到，並不是他要去找別人，而是別人要來找他。

以前他好像不是這樣子的。

以前他做事，只問這件事該不該做，能不能做，從來不想讓別人看見，也不想讓別人知道。

張潔潔在他心目中的地位，幾時變成如此重要了的呢？

楚留香又覺得自己的心亂極了。

他過的一向是無拘無束，自由自在的日子，可是現在他心裡卻已有了牽掛，要想放下，又放不下。就算放得下，也捨不得放下。

麻冠老人一直在冷冷地看著他，忽然道：「你不必等了。」

楚留香道：「不必等什麼？」

麻冠老人道：「不必再等那個人回來！」

楚留香道：「你知道我在等誰？」

麻冠老人道：「無論你在等誰，她都已絕不會再回來。」

楚留香的心好像一下子被抽緊：「你知道她不會再回來？」

麻冠老人道：「我知道。」

楚留香倒了杯酒，慢慢地喝下去，忽又笑了笑，道：「你知道的事好像不少。」
麻冠老人道：「我不知道的事很少。」
楚留香道：「至少有一件事你還不知道。」
麻冠老人道：「什麼事？」
楚留香道：「我的脾氣你還不知道。」
麻冠老人道：「哦！」
楚留香又喝了杯酒，淡淡道：「我的脾氣很特別，別人若叫我不要去做一件事，我就偏偏要去做。」
麻冠老人沉下了臉，道：「你一定要等她？」
楚留香道：「一定要等。」
麻冠老人道：「她若不回來，你就要去找她？」
楚留香道：「非找不可。」
麻冠老人霍然長身而起，冷冷道：「出去。」
楚留香淡淡道：「我好好的在這裡等人，爲什麼要出去？」
麻冠老人道：「因爲我叫你出去。」
楚留香又笑了笑，道：「那末我就偏偏不出去。」
麻冠老人的瞳孔突然收縮，慢慢地點了點頭，冷笑道：「好，你很好。」
楚留香微笑道：「我本來就不錯！」

手。

麻冠老人道：「但這次你卻錯了。」

他突然伸出了手。

這隻手枯瘦，蠟黃，就好像已被埋葬了很久的死人一樣，無論怎麼看，也不像是一隻活人手。

他的臉也帶著種無法描敘的死灰色，楚留香也從未看過任何一個活人像他這種臉色。

甚至連他頭上戴的那頂黃麻冠，現在看來也一點都不滑稽了。

那老太太還是靜靜地坐著，彷彿很溫順，很安詳，但你若仔細去看一看，就會發現她一雙眼睛竟是慘碧色的，就像是冷夜裡墳間的鬼火。

直到現在，楚留香才真正看清了這兩個人。

他本該早已看清了，他的眼睛本就不比世上任何人差。

但這次卻是例外。

至少有七八個人都比他先看出了這老夫妻的神秘和詭異，他們一走過，這地方那七八個人立刻就站起來，悄悄的結了帳，悄悄的溜了出去，就好像生怕他們會爲別人帶來某種不祥的災禍，致命的瘟疫。

雖然誰也不知道他們是什麼人，是從哪裡來的？

也許他們根本就不是從人世間任何一個地方來的。

你有沒有聽見過死人自墳墓中復活的故事？

枯黃的手慢慢地從袖子裡伸了出來，慢慢地向楚留香伸了過去。

也許這根本不是手，是鬼爪。

楚留香居然還笑了笑，道：「你想喝酒？」

他忽然將手裡的酒杯送了過去。

這時他總算已勉強使自己冷靜了些，所以看得很準，算得也很準。

所以這杯酒恰巧送到了麻冠老人的手裡。

酒杯是空的，楚留香手裡的酒杯，時常都是空的。

麻冠老人手裡忽然多了個酒杯，也不能不覺得有點吃驚。

就在這時，「波」的一聲，酒杯已粉碎——並不是碎成一片一片的，而是真的粉碎。

白瓷的酒杯已經變成了一堆粉末，白雪般從他掌握間落了下來，落在那一碗又紅又亮的紅燒魚翅上。

這老人手上顯然已蓄滿內力。

好可怕的內力。

一個人的骨頭若被這隻手捏住，豈非也同樣會被捏得粉碎？

他手沒有停，好像正想來抓楚留香的骨頭，隨便哪根骨頭都行。

隨便哪根骨頭都不能被他抓住。

楚留香忽然舉起了面前的筷子，伸出筷子來一挾，已挾住了兩根手指。

他的動作真快，但筷子斷得也不慢。

「波，波，波」一根筷子已斷成了三截。

無論什麼東西，只要一沾上這隻手，好像就立刻會斷的。

麻冠老人仍冷冷地看著他，冷冷道：「站起來，出去！」

楚留香偏不站起來，偏不出去。

可是他的骨頭也一樣會斷的。

手已快伸到了楚留香面前，距離他的骨頭已不及一尺。

他本來可以閃避，可以走的。

這老人無論是人是鬼，都休想追得到他。

但也不知爲了什麼，他偏偏不肯走，就好像生怕被張潔潔看見他臨陣脫逃一樣。

他已準備和這老人拚一拚內力。

年青人的力氣當然比死老頭子強些，但內力並不是力氣。

內力要練得愈久，才會愈深厚。

這一點楚留香實在完全沒有把握，他本來從不做沒有把握的事。

但這次他卻偏偏犯了牛脾氣。

忽然間，兩雙手已貼在一起。

楚留香立刻覺得自己手裡好像握住了一個烙鐵似的。

然後他坐著的椅子就「吱吱」的響了起來。

你無論怎麼看，也絕對看不出張潔潔像是個快餓瘋了的人。

她看起來不但笑得興高采烈，而且容光煥發，新鮮得恰恰就像是剛剝開的硬殼果。

這也許只因爲她已換了身衣服。

雪白的衣服，光滑而柔軟。

楚留香盯著她，盯著她這件雪白的衣服，就像是從來也沒有見過女孩子穿白衣服一樣。

張潔潔又笑了，嫣然道：「你沒有想到我會去換衣服吧？」

楚留香嘴裡喃喃的在說話，誰也聽不出他在說些什麼？

張潔潔笑得更甜，柔聲道：「女爲悅己者容，這句話你懂不懂？」

楚留香在摸鼻子。

張潔潔道：「這身衣服好不好看？你喜歡還是不喜歡？」

楚留香突然道：「我真他媽的喜歡得要命。」

張潔潔瞪大了眼睛，好像很驚奇，道：「你在生氣？生誰的氣？」

楚留香開始找杯子要喝酒。

張潔潔忽又嫣然一笑，道：「我明白了，你一定以爲我又溜了，怕我不回來，所以你在自己生自己的氣，但現在我已經回來了，你還氣什麼？」

楚留香道：「哼。」

張潔潔垂下頭，道：「你若真的不喜歡我這身衣服，我就脫下來，馬上就脫下來。」

楚留香突然放下酒杯，一下子攔腰抱住了她。

張潔潔又驚又喜，道：「你……你瘋了，快放手，難道你不怕人家看了笑話？」

楚留香根本不理她，抱起她就往外走。

張潔潔吃吃地笑著，道：「我的魚翅……我的魚翅已來了……」

魚翅的確已送來了。

端著魚翅的店小二，看到他們的這種樣子，瞪大了眼睛，張大了嘴，連下巴都好像已快掉了下來。

下巴當然不會真的掉下來，但他手裡的魚翅卻真的掉了下來。

「砰」的，一盆魚翅已跌得粉碎。

張潔潔嘆了口氣，閉上眼睛，喃喃道：「看來我今天命中注定是吃不到魚翅的了！」

她眼珠子一轉，又笑道：「魚翅雖然吃不到，幸好還有隻現成的豬耳朵在這裡，正好拿來當點心。」

她忽然一口咬住了楚留香的耳朵。

她咬得很輕，很輕……

楚留香常常摸鼻子，卻很少摸耳朵。

事實上，除了剛被人咬過一口的時候，他根本就不摸耳朵。

現在他正在摸耳朵。

他耳朵上面有兩隻手——另外一隻手當然是張潔潔的。

張潔潔輕輕摸著他的耳朵，柔聲道：「我剛才咬得疼不疼？」

楚留香道：「不疼，下面還要加兩個字。」

張潔潔道：「加兩個字？」

楚留香道：「不疼——才怪。」

張潔潔笑了，她嬌笑著壓在他身上，往他耳朵裡吹氣。

楚留香本來還裝著不在乎的樣子，忽然慦不住了，笑得整個人都縮成了一團，一跤從床上跌了下來。

張潔潔喘息著，吃吃地笑道：「你只要敢再故意氣我，我就真的把你耳朵切成絲，再澆點胡椒麻油做成麻油耳絲吃下去。」

楚留香捧著肚子大笑，忽然一伸手，把她也從床上拉了下來。

兩個人一起滾在地上，笑成了一團。

忽然間，兩個人又完全都不笑了——是不是因爲他們的嘴已被堵住？

但屋子裡還是很久很久都沒有安靜，等到屋子裡安靜下來的時候，他們的人已又回到床上。

夏夜的微風輕吹著窗戶，星光穿透窗紙，照在張潔潔白玉般的腰肢上。

她腰肢上怎麼會有一粒粒晶瑩的汗珠？

也不知過了多久，她才輕輕嘆了口氣，道：「我若告訴你，你是我第一個男人，也是最後一個男人，你信不信？」

楚留香道：「我信。」
張潔潔道：「那麼你剛才爲什麼要懷疑我，認爲我不會回來了？」
楚留香道：「我沒有懷疑你，是他們說的。」
張潔潔道：「他們？」
楚留香道：「就是那個活鬼投胎的老頭子和老太婆。」
張潔潔道：「你爲什麼要相信他們的鬼話？」
楚留香嘆了口氣，道：「我並沒有相信他們的話……只是有點緊張。」
張潔潔道：「緊張什麼？」
楚留香道：「我雖然明知你一定會回來，卻還是怕你不回來，因爲……」
他忽又將張潔潔緊抱在懷裡，輕輕道：「因爲你假如真的不回來，我簡直就不知道應該到什麼地方去找你。」
張潔潔看著他，眼波溫柔如春水，道：「你真的把我看得那麼重要？」
楚留香道：「真的，真的，真的……」
張潔潔忽然將頭埋在懷裡，咬他，罵他：「你這笨蛋，你這呆子，你簡直是混蛋加三級，你難道還看不出我對你有多好？現在你就算用棍子趕我，也趕不走的了。」
她罵得很重，咬得很輕，她又笑又罵，也不知是愛是恨，是笑是哭。
楚留香的心已融化，化成了流水，化成了輕煙，化成了春風。
張潔潔道：「其實怕的應該是我，不是你。」

楚留香道：「你怕什麼？」

張潔潔道：「怕你變心，怕你後悔。」

她忽然坐起來，咬著嘴唇道：「我知道你不但有很多女人，也有很多朋友，他們也都是你丟不開，放不下的人，現在你雖然跟我走了，將來一定會後悔的。」

楚留香沒有再說話，只是癡癡地看著她。

他看的並不是她迷人的眼睛，也不是她玲瓏的鼻子和嘴。

他看的是什麼地方？

張潔潔的臉忽然紅了，身子又縮起，用力去推他，道：「你出去，我要……我要……」

楚留香瞪瞪眼，道：「你要幹什麼？」

張潔潔紅著臉道：「你這賴皮鬼，你明明知道的，還不快帶著你這雙瞎眼睛出去。」

楚留香道：「這麼晚了，你叫我滾到哪裡去？」

張潔潔眼珠子一轉，嫣然道：「去替我買魚翅回來，現在我真的餓瘋了。」

楚留香苦笑道：「這麼晚了，你叫我到哪裡去買魚翅？」

張潔潔故意板起臉，道：「我不管，只要你敢不帶著魚翅回來，小心你耳朵變成麻油耳絲。」

這就是楚留香最後聽到她說的一句話。

他永遠想不到，聽過這句話之後，再隔多久才能聽到她的聲音。

九　玉人何處

楚留香捧著魚翅回來時，張潔潔已不見了。

她的人雖然走了，可是她的風采，她的感情，她的香甜，卻彷彿依舊還留在枕上，留在衾中，留在這屋子的每一個角落裡。

楚留香的心裡，眼裡，腦海裡，依舊還是能感覺到她的存在。

她很快就會回來的。一定很快。

楚留香翻了個身，盡量放鬆了四肢，享受著枕上的餘香。

他心裡充滿了溫馨和滿足。

因爲他依舊可以呼吸到她，依舊可以感覺到她。

因爲他知道她一定會回來的。

所以連寂寞的等待都變成了種甜蜜的享受。

枕上有根頭髮。

是她的頭髮，又長、又柔軟、又光亮，就像是她的情絲一樣。

他將髮絲緊緊纏在手指上，也已將情絲緊緊的纏在心上。

了。

可是她沒有回來。

枕已冷，衾已寒，她還是沒有回來。

長夜已盡，曙色已染白窗紙，她還是沒有回來。

他睡著，又醒來，他輾轉反側。她還是沒有回來。

光明雖已來臨，但屋子裡卻忽然變得說不出的寒冷寂寞。

她到哪裡去了？爲什麼還不回來？

「爲什麼？爲什麼？……」

楚留香無法解釋，也無法想像。

「難道她從此就已從世上消失？難道我已永遠見不著她？」

他不能相信，不敢相信，也拒絕相信。

「這絕不會是真的！」

「我一定可以等到她回來，一定可以！」

可是他沒有等到。

時間過得真慢，慢得令人瘋狂，每一次日影移動，每一次風吹窗戶，他都以爲是她回來了。

可是真等到暮色又降臨大地，他還是沒有看到她的影子。

「難道她真的已不辭而別？」

「難道她那些甜言蜜語，山盟海誓，只不過是要我留下一段永難忘懷的痛苦？」

「她爲什麼要這麼做?爲什麼要騙我?」

楚留香本不是個多愁善感的人,無論對什麼事都看得開。

無論是相聚也好,抑是別離也好,他一向都很看得開。

因爲人生本已如此短促,相聚又能有多長?別離又能有多長?

既然來也匆匆,既然去也匆匆,又何必看得那麼嚴重?

但現在,他已知道錯了。

有的人與人之間,就像是流星一般,縱然是一瞬間的相遇,也會迸發出令人眩目的火花。

火花雖然有熄滅的時候,但在驀然所造成的影響和震動,卻是永遠難以忘記的,有時那甚至可以令你終生痛苦。

有時那甚至可以毀了你。

楚留香雖然看得開,但卻並不是無情的人。

也許就因爲他的情太多,太濃,一發就不可收拾,所以平時才總是要作出無情的樣子。

但心上又有誰能真的無情呢?

楚留香慢慢地站了起來,慢慢地走到窗口。

推開窗子,晚霞滿天。

滿天晚霞忽然間一齊湧入他的心,他激動得全身都顫抖起來。

「不管妳在哪裡,我都一定要找到妳。」

他發誓一定要找到她,問個清楚!

可是，到哪裡去找呢？

她是在天之涯？是在海之角？還是在虛無縹緲的雲山之間？

沒有人知道她是從哪裡來的？也沒有人知道她去了哪裡？

也許她根本就不是這塵世中的人。

楚留香找得很苦。

每一個她出現過的地方，他都去找過。

有時她出現在小山上，有時她出現在濃蔭間，有時她甚至出現在水盆裡。

你叫楚留香如何去找？

他瘦了，也累了，臉上已失去了昔日那種足以令仇敵膽寒，少女心醉的神采。

可是他不在乎。

因爲他真正的痛苦，是在心裡。

他從不知道世上竟有如此深邃的痛苦。

「世上難道真的沒有一個人知道她的下落？」

他忽然想到了金四爺。

他立刻去找，另一個黃昏後，他又走到那道高牆。

同樣的夜色，同樣的月色，但他的心卻已完全不同。

想到那天晚上，她牽著他的手，走到這裡來的時候，他的心就彷彿突然變得空空蕩蕩的，整個人都彷彿變得空蕩的，沒有著落。

他沒有掠上牆頭，只沿著牆角，慢慢地走。

轉過牆角就可以看到金家的大門。

一隊灰衣白襪的僧人，正垂眉斂目，慢慢地走入了金家的大門。

七八個小沙彌，手裡捧著做喪事的法器，垂著頭跟在他們身後。

那站在門側相迎的，是個滿面悲容，白髮蒼蒼的老人。

這老人赫然竟是金四爺。

只過了幾天，他爲什麼已老了這麼多？

他昔日咄咄逼人，不可一世的氣概，如今到哪裡去了？

這裡究竟發生了什麼可怕的變故？

楚留香遠遠的站著，遠遠的看著，心裡忽然明白。

那死的人必定就是金姑娘，必定就是那美麗如天仙，但卻活在地獄中的女孩子。

她終於已找到了自己的解脫——只有死才是她的解脫。

也許她死了以後比活著時更快樂。

可是她的父親呢？

這江南武林的領袖，這不可一世的英雄，手裡雖然掌握可以改變很多人命運的財富和權勢，但卻還是無法改變他女兒的命運。

他就算用盡所有的財富和權勢，也還是無法使他的獨生女兒活下去。

這不但是他自己的悲劇，也是所有人類的悲劇。

楚留香的心沉了下去，沉得更深。

他本是來找金四爺的。

可是他現在看到了金四爺，卻只是悄悄的轉過身，悄悄的走了。

他不停地往前走。

他忽然發現前面有一條清澈的流水，阻住了他的去路。

天上有月，水中也有月。

楚留香癡癡地站在那裡，低下頭，癡癡地看著水中的明月。

他忽然覺得世上有件事，就正如水中的月一樣。

水中明明有月，你明明可以看到它，可是，等你想去捕捉它時，你不但一定會捕個空，而且可能跌到水裡去。

甚至可能被淹死。

楚留香沒有再去捕捉水中的月，因爲他已捕捉過一次。

他已得到了一次很悲慘的教訓。

只不過現在水中依然有月，他依然可以看得到。

張潔潔呢？

他從此再也看不到她了。

難道她也像是這水中的月一樣，根本就從未真的存在過？

十　神秘老嫗

夜更冷，水也更冷。

楚留香伏在地上，將頭埋入冰冷的流水裡。

他想使自己清醒些，他實在需要清醒些。

水流過他的臉，流過他的頭髮，他忽然想到胡鐵花說的一句話。

「酒唯一比水好的地方，就是酒永遠不會使人太清醒。」

胡鐵花說的話，永遠是這樣子的，好像很不通，又好像很有道理。

奇怪的是，他在這種時候，想到的既不是那個死去了的女孩子，也不是張潔潔，而是胡鐵花。

因爲他只有在胡鐵花面前，才能將自己所有的痛苦完全說出來。

因爲他的痛苦只有胡鐵花才能了解。

因爲胡鐵花是他的朋友。

「我爲什麼不去找他？」

楚留香抬起頭，忽然發現水中的月已看不見了。

清澈的流水上，不知何時已升起了一片淒迷如煙的薄霧。

水在流動，霧也在流動。

他忽然發現流動如煙的水中，不知何時已出現了一條黑色的人影。

這人就像是隨著這陣神秘的煙霧同時出現的。

楚留香回過頭，誰知在這時，他身後已響起了一個人的聲音。

蒼老，嘶啞，低沉，但卻帶著種魔咒般力量的聲音，一字字的道：「不許回頭，否則就永遠休想找到她！」

這句話實在比世上所有的魔咒更有魔力。

楚留香要回頭的時候，沒有人能令他不回頭，但，現在世上所有的力量，也絕對無法使他回過頭去。

水裡的黑影彷彿明顯了些，看來彷彿是個白髮蒼蒼的老嫗，手裡彷彿還拄著根很長的拐杖。

楚留香忍不住道：「你知道我找的人是誰？」

黑衣老嫗道：「你找的是個你本已永遠無法找到的人。」

楚留香道：「你……你是誰？」

黑衣老嫗道：「我是唯一可以幫你找到她的人。」

楚留香全身冰冷，但心中卻已火一般燃燒起來，道：「你知道她在哪裡？」

黑衣老嫗道：「只有我知道。」

楚留香道：「你能不能告訴我？」

黑衣老嫗道：「不能，我只能幫你找到她，但那也不是件容易的事。」

楚留香握緊雙拳，幾乎已連聲音都無法發出。

黑衣老嫗道：「你怕不怕吃苦？」

楚留香道：「不怕。」

黑衣老嫗道：「你怕不怕死？」

楚留香道：「有時怕……」

黑衣老嫗道：「但為了找她，你連死都不怕？」

楚留香道：「是。」

黑衣老嫗忽然輕輕嘆息了一聲，道：「我果然沒有看錯你，你的確是個值得我幫助的人。」

楚留香道：「你……」

黑衣老嫗忽又打斷了他的話，道：「我問你這些話，只因為我要你明白，只有不怕吃苦，連死都不怕的人，才能找得到她。」

楚留香道：「我……我已明白。」

黑衣老嫗彷彿在慢慢地點著頭，過了很久，才緩緩道：「這世上有一家很神秘的人，有人說他們是從天涯來的，有人說他們是從海角來的，有人說他們來自滴水成冰的雪原，也有人說他們來自飛鳥絕跡的荒漠，其實……」

她說話的聲音更低，更慢，接著道：「其實世上根本沒有人知道他們是從哪裡來的。」

楚留香道：「你說的是那家姓麻的人？」

黑衣老嫗道：「有人說他們姓麻，也有人說他們不姓麻，其實……」

楚留香道：「其實世上根本就沒有人知道他們真的姓什麼。」

黑衣老嫗道：「不錯。」

楚留香道：「他們和張潔潔難道有什麼關係？」

黑衣老嫗沒有回答這句話，又過了很久，才緩緩的道：「你既然知道這家人，想必也知道他們住在什麼地方？」

楚留香點點頭，道：「故老相傳他們就住在那裡的大山上，一個神秘的山洞裡，但卻從來沒有人見過他們，也沒有人敢去找過。」

黑衣老嫗冷冷道：「有人找過，但卻從沒有人回來過。」

楚留香長長吐出口氣，道：「現在你就要我去找他們？」

黑衣老嫗道：「你不敢去？」

楚留香道：「只要能找到她，什麼地方我都去。」

黑衣老嫗道：「此去若不能回來，你也不後悔？」

楚留香道：「到那時後悔又有什麼用？」

黑衣老嫗道：「我問的並不是有沒有用，只問你後悔不後悔？」

楚留香嘆了口氣，道：「絕不後悔！」

黑衣老嫗道：「既然不後悔，爲什麼要嘆氣？」

楚留香說不出話來了。他當然不能告訴她，他嘆氣，只因爲他覺得她問的話太嚕嗦，有些話根本就不必再問。她卻偏偏要問，而且問了一次還不夠，還要再問。

本來他不能確定這水中的人影是不是真的很老，現在卻已連一點疑問都沒有。

人類中最囉嗦的，一定是女人，女人中最囉嗦的，一定是老太婆。

這道理也是毫無疑問的。

無論她是個什麼樣的人，無論她有多高的身份和地位，無論她多麼神秘，多麼可怕！

但老太婆就是老太婆。

男人最大的不幸，也許就是在你明明已急得要命的時候，卻偏偏遇上了個老太婆，偏偏還要反覆問你一些莫名其妙的話，你卻偏偏還非回答不可。

在這種時候，你除了嘆息之外，還能說什麼？

黑衣老媼這次居然沒有強迫他回答。

她自己好像也輕輕嘆息了一聲，緩緩道：「現在也許會覺得我問的話太多，但以後你就會明白，我問的這些話並不是多餘的。」

楚留香只有聽著。

黑衣老媼道：「現在我問你最後一句，假如你已知道這一去，水不復返，你是不是還要去？」

楚留香道：「去。」

黑衣老媼道：「好，那麼你就去吧，去找那些姓麻的人。」

楚留香忍不住道：「但我要找的並不是他們，我要找的是張潔潔。」
黑衣老嫗道：「我明白。」
楚留香道：「可是直到現在，你還沒有告訴我，張潔潔跟他們有什麼關係？」
黑衣老嫗道：「我沒有。」
楚留香道：「你也沒有告訴我她在哪裡？」
黑衣老嫗道：「我也沒有。」
楚留香苦笑道：「你告訴我的究竟是什麼呢？」
黑衣老嫗的人影在水中波動，緩緩道：「我什麼也沒有告訴你，只不過要你到他們那裡去，找到他們的聖壇。」
楚留香道：「聖壇？」
黑衣老嫗道：「聖壇就在你知道的那山洞裡。」
楚留香道：「那是個什麼樣的地方？」
黑衣老嫗道：「沒有人知道，除了他們自己外，從沒有別的人去過。」
她的聲音更飄渺，更遙遠，慢慢地接著道：「他們信奉的，是種很神秘的宗教，他們的神，就在他們的聖壇裡，那不但是他們的聖地，也是他們的禁地，絕不許外人踏入一步。」
楚留香道：「但現在你卻要我去？」
黑衣老嫗道：「你非去不可，因爲只有他們的神，才能告訴你張潔潔的消息。」
楚留香道：「他們的神？」

黑衣老媼道：「你不信他們的神？」

楚留香道：「我願意相信，但我只不過是個凡人，神怎麼能和我這凡人互通消息？」

黑衣老媼道：「別的神不能，他們的神卻能。」

楚留香道：「爲什麼？」

黑衣老媼道：「因爲他們的神，和別的神不同。」

楚留香道：「有什麼不同？」

黑衣老媼道：「他們的神既不是偶像，也不是仙靈，他們的神是生神，你不但可以看得見祂的形象，也可以聽得到祂的聲音。」

楚留香道：「我能找得到祂？」

黑衣老媼道：「那就得看你，是不是能到他們的聖壇裡去？」

楚留香道：「要怎麼樣才能到他們的聖壇裡去？」

黑衣老媼道：「要用你的智慧，用你的勇氣，但最重要的，還是要有不惜犧牲一切的決心，你未去之前，就得準備將你在紅塵中所擁用的一切全都放棄，然後……」

她的聲音冷得就像天涯外的冰雪，冷得令人的血液都凝結。

楚留香咬緊牙，道：「然後怎麼樣？」

黑衣老媼道：「然後你就可以不顧一切，不擇手段……」

她聲音忽又熱得像地獄中的火焰，接道：「你可以用盡一切手段，無論多卑鄙的手段都無妨，只要你能到得了他們的聖壇，看到他們的神，他們就絕不能再傷害你。」

楚留香道：「可是……」

黑衣老媼忽又打斷了他的話，道：「可是還有一件事，你必須記著。」

楚留香道：「什麼事？」

黑衣老媼道：「你可以用計謀令他們上當，用棍子將他們擊倒，甚至用暗器，用迷藥都沒有關係，但卻千萬不能要他們其中任何一個人流血。」

她一字字接著道：「只要你身上沾著他們的一滴血，就必定會後悔終生……現在你已是知道一切，若不去了，也必將後悔終生。」

風並不太冷，水也並不太冷。

但楚留香卻忍不住機伶伶打了個冷戰。

他很少有所恐懼，但這黑衣老媼的聲音中，卻彷彿帶著種神秘的魔力，彷彿只要她的一句咀咒就可以改變你一生的命運。

楚留香這一生的命運，是不是已由此改變了呢？

他不知道。

就因爲不知道，所以恐懼。

這黑衣老媼說的話究竟是真是假？他也不知道。但他卻似已不能不相信，也不敢不相信。

他的智慧和意志彷彿已被某種神秘的力量控制，那既不是人的力量，也不是神的力量。

而是一種嬌異詭秘的魔力。

醒過。

「那不是魔力！」

胡鐵花端端正正的坐著，看著對面的楚留香，眼睛裡全無醉意。他已有很久未曾如此清醒過。

你若有個好朋友，花了兩天的工夫來找你，臉上帶著種你從未見過的疲倦和表情……那麼你就算是個超級酒鬼，也會盡量想法子使自己保持清醒的。

胡鐵花的眼睛不但清醒，而且顯得更堅定，看著楚留香緩緩道：「那絕不是什麼見鬼魔力。」

楚留香道：「為什麼不是？」

胡鐵花道：「因為天底下絕沒有任何一個妖魔鬼怪能降得住你。」

楚留香道：「哦？」

胡鐵花道：「你變成這種迷迷糊糊，服服貼貼的樣子，只不過為了一件事。」

楚留香道：「哪件事？」

胡鐵花道：「你他媽的真愛上了那小妖精。」

楚留香垂下了頭。

他的確很疲倦，這兩天，他幾乎沒有闔過眼——無論誰要找到胡鐵花，都絕不是件容易事。

他也沒法子反駁胡鐵花的話。

世上又有什麼力量，能比愛情的力量更可怕呢？

胡鐵花道：「沒有人去過的聖壇，會說話的神……你真相信這些鬼話？」

楚留香握緊雙手，道：「這絕不是鬼話。」

胡鐵花冷冷道：「那老太婆是不是個活鬼呢？」

楚留香道：「不是。」

胡鐵花道：「你怎麼知道她是人是鬼？你根本沒有真的看見她。」

楚留香的確沒有。

他看見的，只不過是她水中的影子……

水中的人影就像是風中的鬼魂。

煙水淒迷。

忽然間，也不知從哪裡吹來了一陣強風，吹得水面起了一陣陣漣漪。

人影就消失在漣漪裡。

等到水波平靜時，人影也不見了……

胡鐵花道：「那老妖精就這樣不見了？」

楚留香道：「嗯。」

胡鐵花道：「難道你從頭到尾，都沒有回頭去看一眼？」

楚留香道：「沒有。」

胡鐵花道：「開始時你不敢回頭，是因爲怕她不肯說張潔潔的消息？」

楚留香道：「不錯。」

胡鐵花道：「但等她說出來之後，你爲什麼還不回頭去看看呢？」

楚留香道：「我……我也不知道爲了什麼！」

等他回頭看時，後面已沒有人。

水中的人影消失時，那黑衣老嫗的人也已消失，也不知道消失在水裡，還是消失在風裡。

也不知是真的有她這麼樣一個人來過，還是只有水中那一條鬼般的影子？

但沒有人，又怎會有影子？

胡鐵花瞪著楚留香，瞪了很久，才長長嘆了口氣，道：「你這人的確有點變了！」

楚留香道：「哦？」

胡鐵花道：「不是有點變，是變得很厲害，以前你就算打死我，我也不相信你會變成這樣。」

楚留香苦笑道：「我現在是怎麼樣子？」

胡鐵花道：「一副垂頭喪氣，無精打采的樣子，一副叫我看著生氣的樣子。」

他忽然一拍桌子，道：「那個老太婆也許並不是個老妖怪，但張潔潔卻不折不扣是個小妖怪。」

楚留香道：「她不是……」

胡鐵花大聲道：「她不是誰是？若不是她，你怎會變成這樣子？」

楚留香道：「可是……你也不能怪她。」
胡鐵花道：「不怪她怪誰？」
楚留香道：「這究竟是怎麼回事，到現在還沒有人知道，你怎麼能怪她？」
胡鐵花道：「所以你還是要去找她？」
楚留香不說話，不說話的意思通常就是承認。
胡鐵花道：「爲了要找她，你真的不惜放棄一切，犧牲一切？」
楚留香道：「我……」
胡鐵花道：「你真捨得放棄你那條船？那些陳年的波斯葡萄酒？還有你拚了十幾年命才換來的一點名聲？……」
他愈說聲音愈大，忽然跳起來大聲道：「就算這些東西你全可以不要，難道連朋友也不要？」
楚留香不說話。
不說話的意思，也並不一定就是承認。
胡鐵花又瞪了他很久，整個人忽又倒在椅子上，嘆息著道：「其實我當然知道，朋友你還是要的，否則你又怎會辛辛苦苦地來找我？」
楚留香還是沒有說話，因爲他已用不著再說。
只要你真正能夠了解友情的存在，就什麼都不必再說。
又過了很久，胡鐵花才慢慢地接著道：「但你最好莫要忘記，除我之外，你還有很多朋友！」

楚留香當然不會忘記。

誰能忘得了蘇蓉蓉？宋甜兒？李紅袖？

胡鐵花道：「她們天天都在等著你，甚至比我更關心你，你難道不明白？」

楚留香道：「我明白。」

胡鐵花道：「我也知道你絕不會不要這些朋友，但你這一去，卻真的可能永遠回不來了。」

楚留香道：「我……我會回來的。」

胡鐵花道：「你用不著騙我，那些人的傳說，我也聽說過，據我所知，世上比他們更可怕的人，只怕連一個都沒有。」

楚留香道：「哦？」

胡鐵花道：「因爲石觀音、水母陰姬、血衣人，他們無論多厲害，也只不過是一個人而已，他們卻是一家人，據說每個人的武功都已出神入化！」

楚留香道：「傳說是傳說，其實……並沒有人真的看見過。」

胡鐵花沉聲道：「就因爲沒有人見過，所以才更可怕。」

他不讓楚留香說話，接著道：「但最可怕的人，還不是他們的人，而是他們住的那山洞。」

楚留香道：「爲什麼？」

胡鐵花道：「因爲誰也不知道那山洞裡究竟有什麼機關，什麼埋伏。」

去？」

楚留香勉強笑了笑，道：「連蝙蝠島那樣的山洞，我都去過，還有什麼別的地方不能

胡鐵花道：「莫忘記那次你是多少人去的？若沒有華真真，那次你就休想能回來。」

他大聲接著道：「這次你還能找得到華真真那樣的人陪你去麼？我……」

楚留香打斷了他的話，道：「就算找得到，我也不能讓她陪我去。」

胡鐵花道：「爲什麼？」

楚留香道：「因爲這件事只能由我一個人去做，否則……」

胡鐵花搶著道：「否則你就永遠休想再見到張潔潔了？」

楚留香嘆息著，點了點頭。

胡鐵花道：「這話也是那老太婆說的？」

楚留香道：「不錯。」

胡鐵花道：「所以你準備一個人去，去對付他們一家人，連我都不能陪你去？」

楚留香道：「不錯。」

胡鐵花冷笑道：「你以爲你是什麼人？是個三頭六臂的活神仙？」

楚留香道：「我不是。」

胡鐵花道：「但你還是非去不可？」

楚留香道：「是。」

胡鐵花道：「她真的值得你這麼樣做？」

楚留香面上露出痛苦之色，黯然道：「不管她值不值得，我都一定要這麼樣做。」

胡鐵花道：「爲什麼？」

楚留香道：「因爲我一定要找到這件事的真相，一定要查出那個人究竟是誰，你若是我，我相信你也一定會這麼樣做的。」

胡鐵花忽然說不出話來了。

楚留香也不再說什麼，沉默了半晌，就慢慢地站起來，走過去，用力握了握他的手，然後就猝然轉身大步走了出去。

他的腳步還是很穩健，但卻也很沉重。

胡鐵花並沒有站起來送他，甚至連看都沒有看他。

門外一片黑暗。

無星無月，他的人已消失在黑暗中。

然後胡鐵花才轉過頭，凝視著這一片黑暗，他耳旁彷彿也響起了那老嫗的魔咒：「……你若去了，就得決心放棄你在紅塵中所擁有的一切……」

「……你若不去，也必將終生痛苦……」

「這一去縱然永不復返，你也不能後悔……」

現在楚留香終於去了。

他究竟走上了條什麼樣的路？

是不是有去無回的路？

胡鐵花不知道……沒有人知道。

他只能感覺到冷汗正一粒粒從他額上沁出，慢慢地沿著他鼻側流下來。

他只知道楚留香這一去，無論是不是能回得來，都一定會受到很多折磨，很多痛苦。

危險在他們看來，並沒有什麼了不起，可是有些折磨和痛苦，都是不能忍受的。

胡鐵花突然跳了起來，放聲大呼：「你若是胡鐵花，你能不能就這麼樣看著楚留香走上這麼一條絕路？」

十一 山在虛無縹緲中

山，山巔。

山巔在群山中，在白雲間。

雲像輕煙般飄渺，霧也像輕煙般飄渺，群山卻在煙霧中，又彷彿是真？又彷彿是幻。

只有這清澈的流水，才是真實的，因爲楚留香就在溪水邊。

他沿著流水往上走，現在已到了盡頭。

一道奔泉，玉龍般從山巔上倒掛下來，濺起了滿天珠玉。

這正是蒼天的大手筆，否則還有誰能畫得出這一幅雄壯瑰麗的圖畫？

故老相傳，就在這流水盡頭處，有一處洞天福地，隱居著武林中最神秘的一家人。沒有人知道他們的行蹤，更沒有人知道他們的來歷。

現在，這已是流水的盡頭，傳說中那神秘的洞天在哪裡？

楚留香還是看不見。

「難道這一道飛泉，就是蒼天特意在他們洞門前懸掛起的珠簾？」楚留香走過去，又停下。

就算這飛泉後就是他們洞府的門戶，他也不能就這樣走進去。

若沒有某種神秘的魔咒，又怎能喝叫開這神秘的門戶？

青石上長滿了蒼苔，楚留香在石上坐了下來。

他臉上似已失去了昔日的神采，顯得如此蒼白，如此疲倦。

張潔潔若看見他現在這樣子，會不會爲他心酸？爲他流淚？

楚留香輕輕嘆息，抬起頭，望著山巔的白雲。

他彷彿想向白雲探問，但白雲卻無聲息。

世上又有誰能帶給他消息？

一縷金光，劃破了白雲，照在流水旁。

他忽然發現流水旁出現了條人影，烏髮高髻，一身青衣；一雙眼睛在煙霧中看起來，仍然亮如明星，就像是自白雲間飛降的仙子。

她雙手捧著個白玉瓶，捲起了衣袖，露出雙晶瑩的粉臂，正在汲著山泉。

黃金般的陽光，就照在她白玉般的臉上。

楚留香看著她，呼吸突然停頓！

白雲終於有了消息。

這少女豈非正是白雲遣來，爲他傳遞消息的？

楚留香幾乎忍不住要跳起來，放聲歡呼！

「艾青！」

這少女正是艾青。

她風采依舊：還是楚留香初見時那麼嫵媚、那麼美麗。

她身上穿的，也彷彿還是那天她在萬福萬壽園去拜壽時同樣的衣裳，耳上戴著對翠玉耳環。

看見了這雙耳環，楚留香就忍不住想起了那一夜在山下小屋中的綺旎風光。

她的溫柔，她的纏綿，足以令世上所有的男人永難忘懷。

但這些日子來，楚留香卻似已完全忘記了她。

他實在覺得很慚愧，很歉疚，幾乎無顏再見她。

但他卻不能不見她，他正有千百句話要問她。

「那天早上，你怎麼忽然不見了？」

「那隻攝魂的斷手，象徵的究竟是什麼意思？」

「現在你怎麼會到了這裡？」

「你是不是知道張潔潔的消息？」

「你是不是也和那神秘的一家人，住在那神秘的洞天裡？」

楚留香終於忍不住放聲高呼：「艾青！」

山泉閃著光，白玉瓶也在閃著光。

艾青汲滿了一瓶山泉，就站起來，轉回身，彷彿要走回白雲深處。

她竟似完全沒有聽見楚留香的呼聲。

楚留香的呼聲更響：「艾青，等一等。」

她還是沒有聽見。

但這時楚留香已飛鳥般掠過了山泉，又像一朵白雲，忽然落在她面前。

艾青停下腳步，看著他，面上既沒有驚奇，也沒有歡喜。

她就像是在看著個陌生人。

楚留香勉強笑了笑，道：「很久不見了，想不到會在這裡看見你！」

艾青面上還是全無表情，冷冷地看著他，道：「你是誰，為什麼攔住我的路？」

她的聲音柔媚清脆，還是和以前一樣，只不過已變得冷冰冰的，全無表情。

楚留香道：「你……你怎麼不認得我了？」

艾青冷冷道：「我根本就從未見過你。」

楚留香長嘆了一聲，苦笑道：「我知道我虧負了你，可是……我也有我的苦衷……我也曾千方百計的找過你。」

艾青皺眉道：「你在說什麼？我根本聽不懂！」

楚留香不由自主，又摸了摸鼻子，道：「你難道真忘了我？」

艾青道：「我本就不認識你。」

楚留香道：「但我卻認得你，你叫艾青。」

艾青道：「我也不認得艾青，閃開！」

她的手忽然向楚留香臉上揮了過去。

楚留香只有閃開。

他當然還有別的法子來對付她，但在這種情況下，卻只有閃開。

一個女孩子，若咬緊牙關說不認得你，你除了讓她走之外，還能怎麼樣呢？

可是，她爲什麼要這樣做？爲什麼忽然會變得如此無情？

難道她也有什麼不能告人的苦衷？

難道她的愛，已變成了恨？

楚留香想不通。

艾青已從他身旁走過去，帶著種淡淡地香氣走了過去。

就連這香氣，都是楚留香所熟悉的。

他死也不能相信這少女不是艾青。

白雲飄渺。

艾青的身影，又將漸漸消失在白雲中。

楚留香突然轉身，跟了過去。

艾青走得並不快，腰肢婀娜，彷彿霧中的花，風中的柳。

少女走路的風姿，本是迷人的。

但楚留香現在卻已無心欣賞，他只是跟著她走。

山路窄而崎嶇，也不知是由哪裡開來？也不知道行向何處？

山路的盡頭，只有白雲，看不見洞天福地，也看不見瓊樓玉宇。

艾青卻似已將乘風歸去。但歸向何處呢？

楚留香跟得更近，追得更緊，生怕又失去她。

艾青突然回頭，目光比山巔的風更尖銳，更冷，盯著楚留香，冷冷道：「你跟著我幹什麼？」

楚留香道：「我……我還想問你幾句話。」

艾青道：「好！問吧。」

楚留香道：「你真的不是艾青？」

艾青道：「連這名字我都未曾聽過。」

楚留香道：「萬福萬壽園呢？」

艾青道：「那是什麼地方？」

楚留香道：「你沒有去過？」

艾青道：「十年來，我根本從未下山一步。」

楚留香看著她，實在已無話可說。

所有的這一切事，全都是爲了她在萬福萬壽園中，放了個屁而引起的。

現在她卻說從未到萬福萬壽園去過，而且從未見過楚留香。

楚留香長長嘆息了一聲，喃喃道：「也許我認錯了人，也許我根本不該再見你。」

艾青道：「不錯，你根本就不該來的，那天也不該到萬福萬壽園去。」
楚留香霍然抬頭，道：「你既然不認得我，怎知道我去過萬福萬壽園？」
艾青臉色立刻變了，身子突然掠起，掠入了縹緲的白雲中。
楚留香正想追過去，但就在這時，白雲間突又出現了兩個人。
兩個麻衣高冠的中年人。
他們不但裝束打扮和楚留香那天見到的麻衣老人完全一樣，就連神情都彷彿相同。
他們的臉，慘白而無血色，顯得說不出的冷漠，說不出的高傲。
也許他們是來自天上的，也許是來自地下的，無論他們來自何處，都像是不屑與凡人爲伍。
楚留香忽然明白了。
那麻衣老人夫婦，想必就正是那姓麻的一家人中的長者。
張潔潔和這一家人，想必有某種神秘而不尋常的關係。
那天她突然失蹤，也說不定就是被那麻衣老人夫婦逼走的，否則，她又怎忍不告而別，而且一別全無消息？
楚留香的心，就像是在被火焰燃燒著！
他發誓，無論如何，也得將她從這一家人手裡救出來。
無論要他付出多大的代價，他都在所不惜，甚至連死都沒關係。

是不是因為他從未見過這種武功？

這種武功的確太詭異，太奇妙。

「帶他回去！」

「為什麼要帶他回去？」

「這人絕不是無意中闖進來的。」

「所以你要帶他回去，問他的來意？」

「不錯。」

這當然是麻衣人的對話，聲音還是同樣冷漠，雖然他們一出手就將對方擊倒，但他們自己並不覺得歡喜得意，也不覺得奇怪。

因為他們認為這種武功只要一使出來，本就沒有人能躲得了。

就算他們知道自己擊倒的是楚留香，他們也不會覺得意外。

事實上，楚留香究竟是誰？他們根本不知道。

所以楚留香是不是真的被他們擊倒而昏迷，他們也不知道。

楚留香慢慢地將眼睛張開一線。

直到現在，他才微開眼睛。

那兩個麻衣人一路將他抬到這裡，他都一直閉著眼睛。

雖然他說不出有多麼想看看他們入山的途徑，但他還是勉強忍耐著，勉強控制自己。

因爲他知道他們與人交手的經驗雖不豐富，閱歷雖不多，但耳目反應，卻一定比平常人都靈敏得多。

他們也許看不出你是否真的暈倒，但你無論有什麼動作，都一定休想瞞過他們。

無論對人和事，楚留香的判斷，一向都很少有錯誤的。

幾乎從來沒有過！

這是間簡陋的石室，簡陋而古樸，就像是那些麻衣人本身一樣，總令人覺得有種不可描敘的高傲尊貴之意，令人不敢輕視。

無論誰到了這裡，都會突然覺得生命的短促！自身的渺小。

石壁上點塵不著，亮得就像是鏡子。

屋頂很高，高不可攀，屋子裡除了一張很大的石榻外，幾乎全無別的陳設。

現在，楚留香就躺在這石榻上，目光從屋頂移向石壁，又從石壁移向門。

門是關著的。

門外是什麼地方？有些什麼東西？是不是還有人在看守著？

楚留香完全不知道。

他只能感覺到！麻衣人轉過很多次彎，上了幾次階梯後，才將他抬到這裡。

然後就聽不到他們任何聲音。

麻衣人到哪裡去了？準備怎麼樣處置他？楚留香也完全不知道。

現在他只想知道一件事！那聖壇究竟在哪裡，要用什麼法子才能進得去？

在這裡等，等到有人單獨進來的時候，用最快的手法制住他，換過他的衣服，再用最簡單的易容術改變一下容貌，然後就混出去。

那聖壇既然是他們最重視的地方，想必在這山窟中的心臟地帶，聖壇外想必總有些特殊標誌。

假如他運氣稍微好一點，說不定就能混到那裡，只要他能闖進去，以他的輕功，就很少有人還能攔住他。

這就是楚留香想出來的法子，可是連他自己也知道，這法子實在不太高明，非但不高明，而且毛病很多。

第一，假如沒有人單獨進來，他這法子根本就行不通。

第二，易容術也是根本靠不住的——你可以改扮成這張三李四，去瞞過不認得他的人，但這裡的人卻是一個大家族，每個人彼此都一定很熟悉，他很容易就會被人認出來。

第三，那聖壇之外也許連一點標誌都沒有，就算他能找到那裡，也認不出來，也許他根本就找不到。

這法子不但太冒險，簡直已可說是有點荒謬。

但這卻是他能想得出來的唯一的法子，何況他運氣一向不錯。

所以他只有等。

石板冷得要命，硬得要命，睡在上面，骨頭都會睡硬，骨髓都像是要結冰。

他真想下來溜溜，活動活動筋骨，接下去說不定有許多場硬戰要打，這些日子來，他的精神和體力都差勁得很。

可是，假如剛好在他活動的時候，有人進來了，那怎麼辦呢？

所以他只有老老實實的，躺在又冷又硬的石板上，自己對自己苦笑。

楚留香這一生中，幾時做過這種縮頭縮腦，畏首畏尾的事？

他膽子真的這麼小了？真的這麼怕死？

楚留香暗中嘆了口氣，只有他自己知道，他怎麼會變成這樣子的。

江湖傳說，楚留香根本不是人，是個鬼，是神。

以前他若真的是神，現在他已變成了凡人。

天上地下，也只有一種力量，可以使人變成神，使神變成人。

門外終於響起了很輕的腳步聲。

兩個人的腳步聲。

楚留香的心往下沉，自從交了桃花運後，他就沒有以前那樣的好運氣了。

兩個人走進了石屋，一個人的腳步聲較輕。

腳步聲重些的一個人，走在後面。

楚留香在心裡盤算著，他有把握在一剎那間，制住後面的那個人，同時將出路擋住。

前面的人想跑也跑不出去。

這當然也是冒險，但他實在已沒法子再等下去，何況，以後來的人說不定更多。

他念頭轉得很快，動作更快，一想到這裡，他的人已飛了起來。

沒有親眼看到過的人，絕對無法想像楚留香驟然行動時是什麼樣子。

那就像是鷹飛，卻比飛鷹發動更快，那又像是兔脫，卻比脫兔更驃悍迅急。

他行動時如風雲，下擊時如雷電。

他並沒有張開眼去看走在後面的這個人，但身形一閃，已雷電般往這人擊下。

只可惜他算錯了一點。

這人的腳步雖重，反應卻也快得驚人，身子突然的溜溜一轉，人已滑出七尺。

楚留香凌空翻身，翻身追擊，疾然反掌斜削這人的後頸。

這人身子又一轉，指尖劃向楚留香的脈門，招式靈變，連削帶打，以攻為守，只憑這一招，已可算是一流高手。

他再也想不到楚留香這一掌竟是虛招，再也想不到楚留香身子懸空時，招式還能改變，而且改變得令人無法思議。

他只看見楚留香的身子突然在空中游魚般一翻，足尖已踢向他軟肋下氣血海穴。

他雖然看到，也知道應該如何閃避，但等他要閃避時，已來不及。

他思想還在準備下一個動作，人卻已倒下。

楚留香一擊得手，掌心卻已沁出冷汗。

他雖然將這人擊倒，距離門戶卻已有七尺，並沒有擋住前面一個人的出路。

這人說不定早已兔脫，只要他走出了這屋子，楚留香就休想走出去了。

他又算錯了一著。

他也永遠想不到，這人居然還靜靜地站在那裡，看著他。

他直到現在，才看見這個人。

艾虹！

楚留香又驚又喜，幾乎忍不住要失聲叫了出來。

艾虹的臉上卻連一點表情也沒有，身上穿的也不再是誘人的紅衫。

她穿著件寬大的麻袍，完全掩沒了她苗條動人的身材。

她臉上也似乎戴了個面具，她的情感也全都被藏在這面具裡。

可是她剛才為什麼不乘機逃出去報警呢？

楚留香心裡充滿了感激，忍不住走過去，想去握住她的手。

她的手在衣袖裡，腳卻後退了兩步。

她也變了，已不是以前那嬌俏柔媚，如小鳥依人的女孩子。

她看著楚留香的時候，就像是在看著個陌生人。

楚留香也只有停下腳步，勉強笑道：「謝謝你。」

沒有回應。

楚留香還是要問：「你怎麼會在這裡的？難道你也是這一家的人？你認不認得張潔潔？她是不是也在這裡？」

他問的話，就像是石頭沉入水中，完全得不到一點反應。

楚留香嘆了口氣，苦笑道：「我知道你有很多秘密不能說，我只求求你，告訴我，這裡的聖壇究竟在什麼地方？」

艾虹冷冷地看著他，突然抬起手，反手點住了自己的穴道。

她也倒下。

楚留香突然很吃驚，但驚訝得並不太久。

他已明白她的意思。

她不忍傷害楚留香，但也不能為楚留香做任何事。

這已是她所能做到的極限。

楚留香只有感激，她已盡了她的心意，他對她還能要求什麼呢？

外面是條很長的石廊，兩邊當然還有別的門，每道門看來都是完全一樣的。

誰也不知道推開門後，會發現什麼？會遇到什麼事？

任何一道門的後面，都可能是楚留香所要尋找的聖壇。

任何一道門後面，也都可能隱藏著致命的危機。

幸好外面並沒有防守的人。

這裡已是虎穴，無論是誰走進來，都休想活著出去，又何必再要防守的人？

「既然是聖壇，總該有些特別的地方。」

楚留香爲自己下了個決定，決心要再碰碰運氣。

他沿著石壁，慢慢地走過去，低著頭，垂著手，盡力使自己的腳步安詳穩定。

記得那麻冠老人走路的姿態，也許這裡的人走路都是那樣子的。

燈光是從石壁間嵌著的銅燈中發出來的，光線柔和，並不太亮。

楚留香覺得很幸運，他雖已換上了麻冠麻衣，但臉上一定弄得很糟。

既沒有鏡子，又缺乏工具，更沒有充裕的時間，在這種情況下想要易容改扮，簡直就好像六十歲的老太婆，想把自己扮成十六歲的小姑娘一樣。

走過這條長廊，他身上的衣服，就幾乎已經快濕透了。

轉過彎後是什麼地方？

他悄悄探出頭，悄悄的張望，還是沒有人。

連人聲都沒有。

他剛鬆了口氣，呼吸突然停頓。

前面的確看不見人，也聽不見人聲。

但後面呢？

楚留香不敢回頭，又不能不回頭——他已發覺後面彷彿有人的呼吸聲。

後面不只一個人——有七八個人。

七八個人幽靈般一連串跟在他身後，就像是突然自地下出現的鬼魂。

他往前走，他們也往前走。

他停下來，他們也停下。

楚留香回過頭，脖子就像是忽然變成了石頭，完全僵硬。

一張全無表情的臉，正對著他，一雙冰冰冷冷地眼睛，正看著他。

楚留香忽然覺得這裡的燈光實在太亮了。

這人還在冷冷地看著他，沒有動作，沒有說話。

楚留香向他點點頭。

這人居然也向楚留香點了點頭。

楚留香道：「你好！」

這人道：「你好！」

楚留香道：「吃過飯沒有？」

這人道：「剛吃過。」

楚留香道：「吃的是什麼？」

這人道：「肉。」

楚留香道：「什麼肉？豬肉還是牛肉？」

這人道：「都不是，是人肉，想混進這裡來的人的肉。」

楚留香笑了，道：「那一定難吃得很。」

他的話還未說完，身子貼著石壁一滑，人已轉過彎，滑出去三四丈。

然後他身子就像箭一般的向前竄了出去。

他不敢回頭，一回頭身法就慢了，他也用不著回頭去看，後面的人反正一定會追來的。

長廊的盡頭又是長廊。同樣的石壁，同樣的門。

這見鬼的地方也不知有多少條石廊，多少道門。

楚留香心裡突然又感覺到一種說不出的恐懼。

他左轉右轉，轉來轉去，說不定還是在同樣的地方兜圈子。

別人根本不必追，在那裡等著他就行了，等著他自己倒下去。

但明知如此，他還是不能停下來。

既然不能停下來，要跑到什麼時候爲止呢？——倒下去爲止？

這地方看來很簡單，很平常，並沒有什麼特別可怕的危機和埋伏。

楚留香直到現在，才知道這地方有多可怕。

最可怕的是，這地方永遠只有一個彎可以轉，只有一條路可以走。

他根本就沒有選擇的餘地。

頑皮孩子們常常會將一空盒子格成許多格，再捉隻老鼠放進去，看著老鼠在格子裡東奔西突。

楚留香忽然間發覺自己現在的情況，和格子裡的老鼠也差不了多少，說不定上面也有人正在看著他。一想到這裡，他立刻停下來。

無論爲了誰，無論爲了什麼原因，他都不願將自己當做老鼠。

就算別人並沒有這麼想，至少他自己已經有了這種感覺。

這種感覺可真不好受。

後面的人居然還沒有追到這裡來——這是因爲楚留香的輕功太高，還是因爲他們明知道楚留香無路可走？

無論爲了什麼，他們遲早還是要追來的。

楚留香長長嘆了一口氣，決定先推開最近的一道門再說。

但就在這時，最近的一道門忽然開了，門裡有個人正在向他招手。

他看不見這個人，只看見一隻手。

一隻柔若無骨的纖纖玉手，也許就正是那隻催魂奪命的手。

楚留香卻已竄了過去。

在這種情況下，他已無法顧忌得太多，他決心要賭一賭！

冒險，豈非本就是楚留香生命中的一部份——也許正是最重要的一部份。

他衝入那道門。門立刻關了起來，關得很緊。

屋子裡竟沒有燈，楚留香連這隻手都看不見了。

這究竟是誰的手呢？

黑暗，伸手不見五指。

什麼也聽不見，什麼也看不見，只能嗅到一陣陣淡淡地香氣。

這香氣彷彿很熟悉。

楚留香剛想說話，這隻手已掩住了他的嘴。

一隻光滑柔軟的手，卻冷得像冰。

沒有人能掩住楚留香的嘴，有燈光的時候不能，黑暗中也不能。

除非他認得這個人，信任這個人，知道這個人絕不會傷害他。

這個人是誰呢？

楚留香耳畔響起了她溫柔，卻帶著些埋怨的低語聲：「你好大膽子，居然敢到這裡來？你還想不想活著回去？」

這聲音更熟悉，是艾青的聲音：「我剛才假裝不認得你，你就應該明白我的意思，就應該走，我真沒想到有時你也笨得像隻驢子。」

楚留香握住了她的手，輕輕拉開，輕輕嘆息，道：「我明白你的意思，可是我非來不可。」

艾青道：「爲什麼？難道……難道你是來找我的？」

楚留香無語。

艾青也輕輕嘆息了一聲，幽幽道：「我也知道不是，你絕不會爲了我冒這種險，我……我只不過是你許許多多女人當中一個而已，你可以忘記別人，當然一樣也可以忘記我。」

她的聲音幽怨悽楚，她對楚留香似已動情。

楚留香心裡充滿了歉疚和憐惜，忽然覺得自己實在很對不起這女孩子，忍不住將她的手握得更緊，柔聲道：「我並沒有忘記你，也曾千方百計的找過你，可是……可是……」

艾青道：「可是這次你並不是來找我的，你根本不知道我會在這裡。」

楚留香只有承認。

艾青的聲音忽然變得很冷淡，道：「其實你也用不著覺得對不起我，我去找你，的的確確本是爲了要殺你的。」

楚留香道：「可是後來你……」

艾青道：「後來我還是在騙你，那次我突然失蹤，並沒有什麼人逼我，是我自己溜走的。」

楚留香放開了握住她的手，又開始摸摸鼻子了，彷彿連鼻子都有了酸水，又酸又苦。

艾青道：「難道你以爲天下的女人都要纏著你，難道你以爲自己真的很了不起？」

楚留香苦笑道：「無論如何，你今天總算冒險救了我。」

艾青淡淡地道：「我救你，只不過是因爲我覺得你很傻，傻得很可憐，上了別人的當，還在自作聰明。」

楚留香道：「我究竟上了誰的當？究竟是誰在暗中主使你殺我？」

艾青道：「我看你還是不要知道的好，何況你根本就不會知道。」

楚留香道：「我一定要知道。」

艾青冷笑道：「你以爲誰會告訴你？你以爲你自己能查得出來？」

楚留香道：「只要你告訴我，聖壇在哪裡，我就能查出來。」

艾青道：「聖壇？你想到聖壇去？」

她聲音忽然變得嘶啞，似乎充滿了恐懼。

楚留香道：「我到這裡來，就是爲了要到那聖壇裡去找一個人。」

艾青道：「找誰？」

楚留香道：「找你們的聖女。」

艾青沉默了很久，才冷冷道：「你知不知道？要什麼樣的人才能見到聖女？」

楚留香道：「不知道。」

艾青一字字道：「快死的人！現在你也許還有希望逃出去，但你若想見她，就非死不可。」

楚留香道：「我也非去見她不可。」

艾青道：「你想死？」

楚留香長長嘆了口氣。用嘆氣來答覆別人的話，通常就等於是承認。

艾青又沉默了很久，忽然道：「好吧！我這就帶你去。」

楚留香大喜道：「謝謝你。」

他這句話還沒有說完，突然覺得有根針刺入了他腰上的軟麻穴。

這次他真的倒了下去。

艾青的聲音更冷，笑道：「我本來還想設法救你一條命，可是你既然想死，我不如就成全了你！」

楚留香只有聽著，現在他就算還能開口說話，也無話可說了。

他永遠也沒有想到，連她也會這樣子對付他。

他忽然發覺自己對女人的了解，並不比一頭驢子多多少。

十二 奇蹟

門已開了。

燈光從門外照進來，艾青卻已跨過楚留香，走了出去。

她連頭都沒有回，連看都不再看楚留香一眼。

誰說男人薄倖？誰說男人的心腸硬？

女人的心若是硬起來時，簡直連釘子都敲不進去。

楚留香索性閉上了眼睛，什麼都不去看，什麼都不去想。

但真正能什麼都不想的，只有一種人。死人！

楚留香從未覺得自己是個死人，也從未覺得自己是個快死的人。

無論在多艱難，多危險的情況下，他心裡卻還是充滿了希望。

一個人只要有希望，就有奮鬥的勇氣，只要還有奮鬥的勇氣，就能活下去。

有人甚至說：你就算已將刀架在楚留香的脖子上，他也有法子從刀下逃走的。

但現在，他卻忽然覺得自己簡直是個死人。

這一切事，都是由艾青開始的，這一切計劃，顯然也都是艾青在暗中主持。

的？」

艾青沒有回答，眼睛卻瞪在艾虹身上。

這矮子立刻也回過頭，瞪著她，厲聲道：「剛才是不是你跟十三郎一起到千秋屋裡去

艾虹垂首望著自己的腳尖，一句話也不說。

艾青卻已替她回答，道：「不錯，十三郎現在還沒有醒過來。」

矮子道：「以這人的武功，根本不可能擊倒十三郎，何況他早已被我點住了穴道。」

艾青道：「也許他的穴道已先被人解開了，然後兩個人再一起對付十三郎。」

矮子道：「你的意思是說誰？」

艾青冷冷道：「我誰都沒有說，只不過說，這件事有一種可能而已。」

矮子道：「難道你認爲小虹會幫著這人逃走？」

艾青道：「這句話你也不該問我，你自己應該能想得到的。」

矮子道：「小虹爲什麼會做這種事？」

艾青道：「誰知道——我只知道，小虹最近曾經出去採購過糧食，我也看得出這個人是個很英俊的少年。而且很不老實。」

矮子道：「你是說，他們兩人早已有了私情，他到這裡來，本就是爲了要找小虹，所以小虹才會冒險去救他？」

艾青淡淡道：「我什麼都沒有說。」

艾虹突然冷笑道：「就算你說了，也根本沒法子證明。」

矮子厲聲道：「你還不承認？」

艾虹道：「你要我承認什麼？」

矮子突然出手，五指如鷹爪，向艾虹抓了過去。

艾虹卻仍然聲色不動，冷冷道：「你難道忘了我是什麼地方的人，你敢動我？」

矮子雖然滿臉怒容，但終於還是慢慢地將手垂了下去。

艾虹道：「就算真的確有此事，你們也不能治我的罪，尤其是你。」

她也已抬起頭瞪著艾青，冷笑道：「我早就知道你一直在嫉妒我、恨我，在外面你可以藉故砍斷我一隻手，但現在我已是裡面的人，你還敢對我怎麼樣！」

艾青沉著臉，也冷笑著道：「我雖然不能對付你，總有人可以對付你的。」

艾虹道：「你難道敢跟我到裡面去對證？」

艾青大聲道：「去就去，反正事實俱在，你就算狡賴也不行。」

楚留香雖然沒法子開口，眼睛也是閉著的，但耳朵還能聽得見。

他聽見的話更證實了他的想法不錯。

艾青果然就是那在暗中陰謀主使，要殺楚留香的人，連艾虹的手，都是被她砍斷的。

那天晚上，若不是張潔潔暗示，她那雙耳環也許早已要了楚留香的命。

這一計不成，所以她才利用艾虹的手，來故佈疑陣，要楚留香認爲她也是被害的人。

等她發現艾虹去找楚留香，就立刻令人將艾虹架回來，因爲她生怕艾虹會洩露她的秘密。

現在她這麼樣，正是一石二鳥之計，不但除去了楚留香，也乘機除去了艾虹。

那時她沒有殺艾虹，也許只因爲艾虹是裡面的人？所以才不敢妄動。

楚留香雖然又明白了許多事，但還有些事卻令他更想不通。

「裡面」究竟是什麼地方？他們本來是一個家族的人，爲什麼還要分裡面外面？

張潔潔呢，難道也是他們這家族的人？抑或只不過是被她利用的？

她是不是也已發現張潔潔對楚留香動了真情？

張潔潔是不是也已遭了她的毒手？

無論如何，楚留香都已知道，今生再和張潔潔見面的希望已不多了。

他還能逃出去的機會當然更少。

「每個人都難免要被人愚弄，每個人都難免要死亡的。」

他忽然覺得很疲倦，很疲倦……

死，豈非正是最好的休息？

一個人若已覺得活著很無趣時，就該不會再有奮鬥求生的勇氣。

這時他就會覺得很疲倦，疲倦得情願放棄一切，來換取片刻的休息。

楚留香忽然也有了這種感覺。

無論這一生中，都難免偶而會有這種感覺的。

也不知是誰用黑巾蒙起了楚留香的眼睛，再將他抬了起來。

楚留香知道他們是要將他抬到「裡面」去。

那究竟是什麼地方？爲什麼如此神秘？

又轉了幾個轉，上下了幾十級石階，他們才停了下來。

忽然間，一陣清脆的鐘聲響起，餘聲繚繞不絕。

鐘聲消失後，楚留香就聽到一陣石門滑動的聲音，然後他們才走了進去。

他們的腳步更輕，更緩，連呼吸時彷彿都顯得特別謹慎。

楚留香雖然什麼都看不見，但卻忽然有了種說不出的奇異感覺。

就彷彿一個人在四望無涯的曠野中迷失了路途，又彷彿忽然闖入了一個神秘、莊嚴、宏大的神殿裡。

那種感覺有幾分像是敬畏，又有幾分像是恐懼，但卻又什麼都不是，只是種無法描敘的迷惘。

所以等到有人替他解開了這條黑巾時，他還是忍不住張開了眼睛。

這裡果然是個神殿，比世上所有的廟宇殿堂都莊嚴偉大得多。

一層又一層的石階，從他們跪著的地方，向前面伸展出去。伸展到數十丈外。

四下香煙繚繞就像是原野中的霧一樣。

從煙霧中看過去，可以看到最前面有張很寬大的椅子。

椅子是空的，四壁卻畫滿了奇異的符咒。

突然間，又是一陣鐘聲響起。

所有的人立刻全都五體投地，匍匐拜倒。連楚留香的身子都被人按了下去。

等他再抬起頭來時，那張空椅上，已經坐上了一個人。

一個誰也說不出有多麼神奇詭秘的人。

他身上穿著件寬大的七色長袍，金光燦爛，亮得就彷彿是天上的陽光。

他臉上戴著個猙獰奇異的面具，也彷彿是用黃金鑄成的。

遠遠看來，這人全身都彷彿被一種奇異的七色金光所籠罩。

所以他根本看來就像是火焰，是烈日，別人根本就無法向他逼視。

他身後彷彿還站著一條人影。

但在他的光芒照耀上，這人影已變得虛幻縹緲，若有若無。

楚留香只抬頭看了一眼，全身的肌肉就已因興奮而僵硬。

他立刻又想起了那神秘的月夜，霧中的魔嫗。

那魔咒般的語聲，似又在他耳邊響起。

「他們信奉的，是種很神秘的宗教，他們的神，就在他們的聖壇裡。」

「他們的神既不是偶像，也不是仙靈，他們的神是生神，你不但可以看得見他的形象，甚至可以聽得到他的聲音。」

「你只要能到得了他們的聖壇，看到他們的神，就沒有人再能傷害你。」

「所有的一切秘密，他全都會爲你解答的。」

那魔嫗說的話，竟沒有騙他。

這地方竟真的有個聖壇，聖壇中竟真的有個活生生的神。

可是他真能爲楚留香解答一切秘密麼？

現在楚留香連開口的機會都沒有，但他心裡卻已又有了希望。

然後，他果然聽到了這神的聲音。一種虛無縹緲的聲音，卻帶著種不可描述的魔力。

「是誰敢將這陌生人帶進來的？」

那矮子和艾青同時以首頓地。

「爲什麼？」

於是這矮子就將事情的經過說了出來，他的聲音本來充滿了威嚴和權力，但現在卻已全變了，甚至已變得有些口齒不清。

神在傾聽著，過了很久，才緩緩道：「你是神前的司花女，怎能與凡人有私情？」

這句話是對艾虹說的。

艾虹立刻匍匐在地，既沒有抗辯，也沒有申訴。

她竟似已真的認罪了。是不是因爲這件事根本解釋不清？

這顯然是不可原諒的大罪，「罪犯天條，應該受什麼刑？」

神在沉默著，似乎也在考慮，到最後才終於說出了兩個字：「血刑！」

什麼叫血刑？

看到艾虹面上的恐懼之色，已可想見必定是種極可怕的刑罰。

楚留香的心也沉了下去。

現在他總算已到了他們的聖壇，總算已見到了他們的神。

但那些秘密，還是沒有人爲他解答。

他還是聽不到張潔潔的消息。

只不過他現在總算又想通了一件事。

艾青這麼做，原來竟是爲了想借他們的神的手，來除去楚留香，將楚留香這個人從此消滅，而且根本就不容人有任何復仇的機會。

可是，她和楚留香究竟有什麼仇恨？爲什麼一定要殺他？

這是最重要的一點，楚留香竟至死也不明白！

刑具已搬來。

這神殿就是刑場。

艾虹已恐懼得整個人都癱軟。

血刑的意思，原來就是要你流血而死，要你用自己的血，洗清自己的罪。

現在，鋼刀無異已架上了楚留香的脖子，他還有法子能從刀下逃得走麼？

艾青冷冷地看著他，還是連一點表情也沒有，就像是在看著個陌生人一樣。

又有誰能想得到，她的心機竟是如此深沉，手段竟是如此毒辣？

只怕連他們都想不到。

血刑！

這又是多麼殘酷，多麼可怕的刑罰。

他們的神似乎也不忍再看下去了，突然站了起來。

鐘聲一響！

楚留香面上忽然露出一種非常奇怪的表情。

神似乎已想退下去。

楚留香突然大喝道：「等一等。」

這喝聲就像是晴天中的霹靂，震驚了所有的人。

喝聲中，楚留香的人已橫空掠起！

他豈非明明已被點住穴道？

沒有人知道，是什麼原因使他恢復了這種超人的能力！

沒有人能形容他這種能力，也沒有人能形容他這種身法！

在這一瞬間他已不再是人，竟已變成了大漠中展翅千里的蒼鷹，似已變成了神話中矢矯九天的飛龍。在這一瞬間，他的能力似已超出天上地下的諸神之上！

他赫然竟向這神秘的生神撲了過去！

這生神似也被他這種力量所震驚，竟似已怔住在那裡。

主謀要殺楚留香的人，既不是她們，那又是誰呢？

難道是張潔潔？

那也絕不可能——她若要殺楚留香，機會實在太多了。

所有的秘密依舊還是秘密，還是沒有解決。

可是無論如何，他總算已見到張潔潔了，對他來說，這一點才是最重要的。

無論這裡是聖壇也好，是虎穴也好。

無論張潔潔是神？還是人？

這全不重要。重要的是，他還是在熱愛著她，而且終於又相聚在一起。

他張開了雙臂，凝視著她。

她投入了他的懷裡。

在這一瞬間，他們已完全忘記了一切。不但忘記了他們置身何地，也忘記了這地方所有的人。

眼淚是鹹的，卻又帶著絲淡淡地甜香。

楚留香輕吻著她臉上的淚痕，喃喃道：「你這小鬼，小妖怪，這次你還想往哪裡跑？」

張潔潔輕咬著他的脖子，喃喃道：「你這老鬼，老臭蟲，你怎麼會找到這裡來的？」

楚留香道：「你明知我會找來的，是不是？你就算飛上天鑽入了地，我還是一樣能找到你。」

張潔潔瞪著眼，道：「你找我幹什麼？是要我咬死你？」

她咬得很重，咬他的脖子，咬他的嘴，她的熱情已足以讓他們兩個人全都燃燒。

可是她剛才爲什麼那麼冷？

楚留香想起了剛才的事，想起了剛才的人——這地方並不是只有他們兩個人。

他忍不住往下面偷偷瞟了一眼，才發現所有的人都已五體伏地，匍匐拜倒，沒有任何人敢抬頭看他們一眼。

她難道真是神？

否則這些人爲什麼對她如此崇敬？

張潔潔忽然抬起頭，道：「你幾時變成了個木頭人的？」

楚留香笑了笑，道：「剛才。」

張潔潔道：「剛才？」

楚留香道：「剛才你看見我，卻故意裝作不認得我的時候，那時你豈非也是個木頭人？」

張潔潔道：「不是木頭人，是神！」

楚留香道：「神？」

張潔潔道：「你不相信？」

楚留香嘆了口氣，道：「我實在看不出你有哪點像神的樣子？」

張潔潔的臉又紅了，咬著嘴唇，道：「那只因現在我已不是神了。」

楚留香道：「從什麼時候你又變成人的？」

張潔潔也笑了笑，道：「剛才。」

楚留香道：「剛才？」

張潔潔道：「剛才你將我面具掀起來的時候，我就又變成人了。」

她又開始咬楚留香的脖子，呢喃著道：「不但又變成了個人，而且是個又會咬人，又會撒嬌的女人，活生生的女人。」

沒有人能否認她這句話。在咬人和撒嬌這兩方面，她簡直是專家。

楚留香又嘆了口氣，苦笑道：「我還是不懂，非但不懂，而且愈來愈糊塗了。」

只聽一人道：「你慢慢就會懂的。」

那黑衣老嫗又出現了，正站在他們身旁，看著他們微笑。

楚留香臉上也不禁有些發燒，想推開張潔潔，又有點不捨得。他能再將她抱在懷裡，實在太不容易，何況她又實在抱得太緊。

黑衣老嫗笑著道：「你用不著怕難爲情，她已是你的，你隨便在什麼時候，什麼地方抱住她，都絕沒有人敢干涉你。」

她忽然高舉雙手，大聲說了幾句話，語音怪異而複雜，楚留香連一個字都聽不懂。

聖壇下立刻響起一陣歡呼聲！

楚留香正不知道這是怎麼回事，聖壇已忽然開始往下沉。沉得快，沉得很快。

忽然間，他們已到了地下一間六角形的屋子裡，一張六角形的桌子上，居然擺滿了酒菜。

黑衣老嫗微笑道：「酒是波斯來的葡萄酒，菜也是你喜歡吃的。」

張潔潔搶著拍手笑說道：「好像還有我喜歡吃的魚翅。」

她笑得就像是個孩子。

楚留香卻有點笑不出，忍不住道：「你們早已算準我會到這裡來了？」

黑衣老嫗居然也眨了眨眼，笑道：「我只知道楚香帥要去的地方，從沒有人能阻攔他的。」

無論什麼樣的秘密，卻總有個解答的。

黑衣老嫗終於將這答案說了出來。

這其間最令楚留香吃驚地，是兩件事。

第一，張潔潔就是這黑衣老嫗的女兒。

第二，要殺楚留香的人，竟也是這黑衣老嫗。

她既然要殺楚留香，爲什麼又指點了楚留香這條明路呢？

這其中的原因，的確詭秘而複雜，楚留香若非親身經歷，只怕連他自己都不會相信。

「我們的確是個很神秘的家族，從沒有人知道我們來自什麼地方，甚至連我們自己都已無法再找得到昔日的家鄉了。」

「我們信奉的，也是種神秘而奇異的宗教，源流來自大邊，和波斯的拜火教，也就是外來傳入中土的佛教有些相似。」

「我們崇敬的神，就是教中的聖女。」

「聖女是從我們家族裡的處女中選出來的，我們上一代的聖女，選中的繼承人就是她——也就是我的女兒。」

「無論誰只要一旦被選中爲聖女，她終生就得爲我們的宗教和家族犧牲，既不能再有凡人的生活，更不能再有凡人的感情。」

「無論誰只要一旦被選中爲聖女，就沒有人再能改變這事實，更沒有人敢反對，除非有個從外面來的陌生人，能擅入這聖壇，揭下她臉上那象徵著聖靈和神力的面具。」

「但這地方非但秘密，而且從不容外人闖入，無論誰想到這裡來，簡直比登天還難。」

「所以這條法令也等於虛設，十餘代以來，從沒有一個聖女能逃脫她終生寂寞孤獨的厄運。」

「在別人看來，這也許是種光榮，但我知道一個少女做了聖女後，她過的日子是多麼痛苦。」

「因爲我自從生出她之後，就做了這教中的護法，沒有人比我跟上一代的聖女更接近，也只有我曾經看到過她，夜半醒來時，因寂寞和孤獨而痛苦得發瘋的樣子。最痛苦的時候，她甚至要我用尖針刺在她身上，刺得流血不止。」

「我當然不忍看見我的女兒再忍受這種痛苦，我一定要想法子爲她解脫。」

「但我雖然是教中的護法，但也無法改變她的命運，除非上天的真神能賜給我一個陌生人，讓他來爲我女兒揭下那可怕的面具。」

「所以我就想到你。」

爐中香煙縹緲，黑衣老媼盤膝坐在煙霧中，娓娓的說出了這故事。

楚留香就彷彿在聽神話一樣，已不覺聽得癡了。

聽到這裡，他才忍不住插口道：「所以你就叫她去找我？」

黑衣老媼道：「是我要她去的。」

楚留香忍不住摸了摸鼻子，苦笑道：「但你又何必叫她去殺我呢？」

黑衣老媼道：「有兩種原因……」

楚留香道：「我在聽。」

黑衣老媼道：「我知道你是個很好奇，很喜歡冒險的人，但若這樣叫你來，你一定還是不肯的，因爲你和她本無感情。」

楚留香承認。

黑衣老媼道：「所以我只有先用種種方法，來引起你的好奇心，再讓你們有接觸的機會，讓你們自己發生感情。」

楚留香忍不住問道：「你怎知道我們一定會發生感情？」

黑衣老媼睜起了眼，看了看他，又看了看她的女兒，微笑道：「像我女兒這樣的女孩子，有沒有男人會不喜歡她？」

楚留香嘆道：「那倒的確難找得到。」

張潔潔笑了，嫣然道：「像你這樣的男人，不喜歡你的女人也一樣難找得很。」

楚留香挾起塊魚翅，塞到她嘴裡，道：「馬屁拍得好，賞你一塊魚翅。」

黑衣老嫗笑道：「她說得不錯，我若年輕三十年，只怕也會喜歡你的。」

張潔潔吃吃笑道：「你現在豈非還是很喜歡他？這就叫，丈母娘看女婿，愈看愈有趣。」

她們母女間，的確有種和別人不同的感情，這也許是因爲她們本就是在一個很特別的環境中生存的。

楚留香卻聽得臉上又發燒了。

黑衣老嫗看著他們，微笑道：「有的人與人之間，就好像磁石和鐵一般，一遇上就很難分開，這大概也就是別人所說的緣份。」

楚留香道：「你剛才說有兩種原因。」

黑衣老嫗點點頭，道：「我剛才也說過，無論誰想到這裡來，都難如登天，我雖然聽說過你的名聲，但卻並沒有見過你。」

楚留香道：「所以你要考考我？」

黑衣老嫗笑了笑，道：「我是要考考你，看看你的武功和機智，是不是像傳說中那麼高，看看你是不是有資格做我的女婿。」

楚留香苦笑道：「我若被你考死了呢？」

黑衣老嫗淡淡道：「每個人這一生中，都難免一死的，是不是？」

她說得輕描淡寫，別人的性命在她眼中看來，好像連一文都不值。

這也許因爲她生長在一個冷酷的環境裡，信奉的也是個奇怪的宗教，大家彼此都漠不關心，她根本沒有真的接觸過有血有肉的人，所以除了母女間的天性外，對別人她既不關心，也不重視。

楚留香卻聽得背脊上直冒冷汗，他本來還想問問她，爲什麼要砍斷艾虹的手？

但現在他已發覺這一問是多餘的了。

一個人若連別人的性命都不重視，又怎麼會在乎別人的一隻手？

黑衣老媪道：「你們經歷過的每件事，都是我親手安排的，你果然沒有令我失望，所以我那天晚上才會去見你，然後再叫艾青和艾虹在外面接應，所以我算準你一定能到這裡來的。」

楚留香忍不住吁嘆了口氣，道：「現在我還有件不明的事。」

黑衣老媪道：「你可以問。」

楚留香苦笑道：「你爲什麼不找別人，單單挑中我呢？」

黑衣老媪笑了笑，道：「我知道你是個很好看的男人，很容易得到女人的歡心，也知道你的武功和機智在江湖中都很少有人能比得上，何況你至今還是個單身漢，我相信有很多老太太若要挑女婿時，都一定會挑中你。」

楚留香只好摸鼻子了。

黑衣老媪道：「但這些原因都不是最重要的。」

楚留香道：「哦！」

黑衣老媪道：「我挑中你，最重要的原因是，你做了件讓我最高興的事，所以我一直都在想法子報答你。」

楚留香愕然道：「我做了什麼事？」

黑衣老嫗道：「你替我殺了石觀音。」

楚留香道：「你跟她有仇？」

黑衣老嫗目中已露出怨毒之色，恨恨道：「她簡直不是個人，是個吃人妖怪，而且專吃男人。」

楚留香用不著再問，他已可想像到。

石觀音最大的樂趣，本就是搶別人的丈夫和情人，他殺了石觀音之後，世界上必定有很多女人要報答他，對他表示感激。但楚留香卻希望這是最後一次了，這樣的報答法子，他實在受不了。

丈母娘看女婿，雖然愈看愈有趣，但女婿看丈母娘，卻一定是愈看愈生氣的。

幸好這丈母娘還算知趣，居然走了。

「你們很多天沒見，一定有很多事要聊聊，我還是識相點的好。」

楚留香送她出去時，第一次覺得她多少有點人性。

張潔潔已從他背後抱住了他的腰，又在輕輕咬他的脖子。

楚留香嘆了口氣，苦笑道：「你知不知道嘴除了咬人和吃魚翅外，還有別的用處？」

張潔潔眨著眼，道：「哦？還有什麼用？」

楚留香道：「說話，你母親剛才不是要我們好好的聊聊嗎？」

張潔潔道：「我不要說話，我要……」

她又一口咬在楚留香脖子上，然後才吃吃笑道：「我要什麼，你難道不知道？」

楚留香的表情像很吃驚，失聲道：「就在這裡？」

張潔潔道：「不在這裡在哪裡？」

楚留香道：「這裡不行。」

張潔潔道：「爲什麼不行？」

楚留香道：「我要帶你回到我們自己的家去，而且愈快愈好。」

張潔潔道：「不行。」

楚留香道：「爲什麼不行？」

張潔潔道：「不行就是不行。」

楚留香笑道：「你是不是不放心？是不是怕我被別的女人勾引？」

張潔潔冷笑道：「你以爲你真的人見人愛？你以爲別人真少不了你？」

她忽然瞪起眼，板起了臉，大聲道：「你若真的要走，就一個人走吧，看我少不少得了你……你現在走還來得及。」她就像是條忽然被激怒了的貓，隨時都準備伸出爪子來抓人了。

楚留香看著她，還是在微笑著，柔聲道：「你能少得了我，我卻已少不了你，要走，我們就一起走，否則我們就一起留在這裡。」

張潔潔道：「真的？你真的願意陪著我一起留在這裡？」

楚留香張開雙臂，擁抱住她，道：「當然是真的，難道你以爲我還能離開你？」

她也緊緊擁抱住他，柔聲道：「我怎麼捨得離開你……我死也不會再離開你。」

世間上本沒有絕對的事情，但「時間」是不是例外呢？在有些人的感覺中，一天的時間，彷彿很快就已過去。因爲他們快樂，勤奮，他們懂得享受工作的樂趣，也懂得利用閒暇。所以他們永遠不會覺得時間難以打發。

另一些人的感覺中，一天的時間，過得就好像永遠過不完一樣。因爲他們悲哀愁苦，因爲他們無所事事，所以才會覺得度日如年。但無論人們怎麼樣感覺，一天就是一天，一個月就是一個月。

世上只有時間絕不會因爲任何人、任何事而改變的，卻可以改變很多事，甚至可以改變一切。

一個月已過去，楚留香是不是改變了呢？

張潔潔凝視著他，輕撫著他瘦削的臉，柔聲道：「你好像瘦了些。」

楚留香笑了笑，道：「還是瘦些的好，我本來就一直在擔心會發胖。」

張潔潔道：「你說的話好像也比從前少了些。」

楚留香道：「你難道會喜歡我變成很多嘴的長舌婦？」

張潔潔道：「你來了已經快一個月。」

楚留香道：「嗯。」

張潔潔道：「你是不是覺得這一個月特別長？」

楚留香沒有回答，卻握起了她的手反問道：「你究竟想跟我說什麼？」

張潔潔垂下頭，沉默了很久，才緩緩道：「我知道你是過不慣這種日子的，所以才會變了，這樣下去你總有無法忍受的一天。」

楚留香道：「誰說的？」

張潔潔笑了笑，道：「這世界上還有誰比我跟你更接近的？還有誰能比我更了解你的？我怎麼會看不出來呢？」

她笑得很淒涼，接著又道：「我當然也看得出你很喜歡我，正如我很喜歡你一樣，所以我希望能夠留住你，希望你在這裡也能和以前同樣快樂。」

楚留香說：「你並沒有想錯。」

張潔潔搖了搖頭，淒然笑道：「我本來也以為自己沒有想錯，現在才知道錯了，而且錯得很厲害。」

楚留香道：「為什麼？」

張潔潔道：「因為你……你本就不屬於任何一個人的，本就沒有人能獨占有你。」

楚留香道：「我不懂。」

張潔潔道：「你應該懂。」

她嘆息了一聲，接著道：「因為除了我之外，世上還有很多人也跟我同樣需要你，我雖然不願離開你，他們也同樣不能離開你。」

楚留香卻忍不住問道：「這個人是誰？」

張潔潔垂下頭，輕輕道：「你的孩子。」

楚留香整個人都幾乎跳了起來，失聲道：「你已經有了我的孩子？」

張潔潔輕輕地點了點頭。

楚留香用力握住了她，大聲道：「你已經有了我的孩子，還要我走？」

張潔潔柔聲道：「就因爲我已有了你的孩子，所以才肯讓你走，也正因爲我已有了你的孩子，你才能放心走……這意思你也該明白的。」

楚留香道：「我們爲什麼不能一起逃出去？」

張潔潔道：「這些天來，你一直都暗中在查看著，想找出條路來逃走，是不是？」

楚留香只有承認。

張潔潔道：「你找出來沒有？」

楚留香道：「沒有。」

張潔潔嘆了口氣，道：「你當然找不出的，因爲這裡本就只有兩條出路。」

楚留香道：「哪兩條？」

張潔潔道：「一條在議事廳裡，這條路每個人都知道，但卻沒有人能隨意出入，因爲那裡不分晝夜，都有族中的十大長老在看守著，你就算有天大的本事，也休想從那些老人手下溜走。」

楚留香也只有承認，卻又忍不住問道：「第二條路呢？」

張潔潔道：「第二條路只有一個人知道。」
楚留香道：「誰？」
張潔潔道：「聖教的護法人。」
楚留香眼睛裡發出光，道：「你的母親。」
張潔潔點了點頭，道：「所以我若去求她放你走，她也許會答應的。」
楚留香目中充滿了希望，道：「她也許會讓我們一起走。」
張潔潔嘆息了一聲，道：「當然我也希望如此，可是……」
楚留香道：「無論如何，我們總應該先問問她去，莫忘記她總是你親生的母親，沒有一個母親不希望自己女兒過得幸福的。」

母親當然都希望自己女兒過得幸福，問題是，什麼才算是真正的幸福呢？幸福也不是絕對的。你眼中的幸福，在別人眼中也許是不幸。

這地方每間屋子本都是陰森森的，看不見陽光，看不見風。

這屋子裡彷彿有風，卻更陰森，更黑暗，誰也不知道風是從哪裡來的。

黑衣老嫗靜靜地坐在神龕前的蒲團上，動也不動，又彷彿亙古以來就已坐在這裡，彷彿已完全沒有感覺，沒有感情。所以張潔潔雖已走進來，雖已在她面前跪下，她還是沒有動，沒有張開眼睛。

張潔潔也就這樣靜靜地跪著，彷彿也忽然被這種亙古不散的沉靜所吞沒。

子，在這裡鬼地方過一輩子？」

張潔潔道：「你錯了。」

楚留香道：「我哪點錯了？」

張潔潔道：「很多點。」她先掩住楚留香的嘴，不讓他再叫出來，然後才柔聲道：「我們不會在這地方過一輩子的，再過一陣子，就算我們還想留下來，這地方也許已經不存在了。」

楚留香道：「爲什麼？」

張潔潔道：「我們的祖先會住到這種地方來，只不過是因爲他們經歷過太多折磨和打擊，已變得憤世嫉俗，古怪孤僻，他們知道別的人已看不慣他們，他們自己也看不慣別的人，所以他們才寧願與世隔絕，孤獨終生。」

楚留香在聽著。

張潔潔道：「可是這世界是一天天在變的，人的想法也一天天在變，上一代人的想法，永遠和下一代有很大距離。」

楚留香在聽著。

張潔潔道：「現在上一代的人已死了，走了，下一代的人還留在這裡，只不過因爲他們對外面的世界有某種恐懼，生怕自己到了外面後，不能適應那種環境，不能生存下去。」

這點楚留香當然不會同意，立刻道：「他們錯了，一個人只要肯努力，就一定有法子生存。」

張潔潔道：「他們當然錯了，可是他們這種想法，也一定會漸漸改變的，等到他們想通了的時候，世界上就絕沒有任何一種經典和規矩還能約束他們，也絕沒任何事還能令他們留在這牢獄裡。」

她笑了笑，接著道：「到了那一天，這地方豈非就已根本不存在了？」

楚留香道：「可是，這一天要等到什麼時候才會來呢？」

張潔潔道：「快了，我可以保證，你一定可以看到這一天。」

楚留香道：「你保證？」

張潔潔點點頭，道：「因爲我一定會盡我的力量，告訴他們，外面的世界並不如他們想像中那麼殘酷可怕，我一定會讓他們了解，一個人若要活得快樂，就得要有勇氣。」

她眼睛裡又發出了光，慢慢地接著道：「這不但是我應盡的義務，也是我的責任，因爲他們也是我的姐妹兄弟。」

楚留香道：「所以……你才一定要留下來。」

張潔潔柔聲道：「每個人活著都要有目的、有意義，我就算能跟你一起走，也未必是快樂的，因爲我沒有盡到我應盡的義務和責任，我一生活著已變得全無價値，全無意義。」

楚留香道：「據我所知有很多女人都是爲她們的丈夫和孩子而活著的，而且活得很有意義。」

張潔潔凄然笑道：「我知道，我也很羨慕她們，只可惜我命中注定不是她們那種人，也沒有她們那麼幸運。」

楚留香道：「爲什麼？」